海を渡った愛と殺意

西村京太郎

目次

越前《えちぜん》殺意の岬

1

越前《えちぜん》の永平寺《えいへいじ》は、曹洞宗《そうとうしゅう》の大本山である。

厳冬でも、修行は厳《きび》しく、素足で動き、托鉢《たくはつ》にも出かける。

本山だけに、参拝者も多い。

観光バスや、車で、押しかけてくる。寺へ到る道路には、土産物《みやげもの》店や、食堂が並び、中には、そこだけで帰ってしまう不心得者もあるが、たいていの人々は、寺の中に入り、僧侶からの説教を聞き、僧侶たちの修行の様子に感心して、帰って行く。

老人たちのグループが多いが、中には、若い人の姿も見える。

寺の案内には、若い僧が、当たっているが、その日、十二月二日には、気になる若い女が混じっていた。

その女は、寺の中を、小さなグループで案内されて行く時、一人だけ、ぽつんと、離れて、歩いていた。

広間で、曹洞宗の教義や、人生と宗教についての説明を受けている間も、彼女は、眼を閉じて、何か、別のことを考えている感じだった。

有難い説教が終わって、そのグループが、動き出した時、彼女が、案内の若い僧の傍《そば》へ近づいて、

「ご相談したいことがあるのですけれど——」

と、小声で、いった。

その僧は、相手の美しい顔立ちに、軽い戸惑《とまど》いを覚えながら、

「どんなことでしょうか？」

「まじめに、答えて頂けるのですか？」

と、女は、きいた。

彼女は、まっすぐに、若い僧を見つめている。

「もちろん、真剣に、お答えします」

と、若い僧は、いった。

女は、しばらく、ためらっている。その間にも、グループは、先に歩いて行く。

「早く、いってくれませんか」

と、若い僧は、つい、厳しい口調になっていた。

「では、思い切って、おききしますわ」

「はい」

「私、ある人を殺したいと思っているのです。どんな時でも、人を殺すことは、許されないのでしょうか？」

「え？　人を殺す？」

若い僧の眼が、大きくなった。

「はい。人を殺したいのです」

「そんなことはいけないに、決まっています」

「でも、精神的に人を殺すことよりも、罪は、軽いと思いますわ」

と、女は、いう。

「とにかく、人を殺すことは、よくないことです。やめなさい」

「わかりました。もう、ご相談致しません」

と、女は、いった。

若い僧は、それで、この妙な相談は、すんだと思い、先に行って待っているグループのところへ、急いだ。

女は、その間に、姿を消していた。

2

日本海側の海岸といっても、景色は、一様ではない。山陰は、丸みを帯びているが、越前海岸は、鋭角である。

全《すべ》てが、鋭く、とがって見える。風と波で削《けず》られた岩礁《がんしょう》は、丸くならずに、とがるのだ。それは、怖くも感じるし、痛々しく、脆《もろ》い感じもする。

十二月二日は、陽《ひ》が落ちると、寒さが厳しくなり、粉雪が舞い始めた。

だが、海から吹きつける風のため、雪は、吹き飛ばされて、積もらない。

やがて、雪が止《や》み、一層、寒さだけが、強くなった。

気温が、低くなり、海水の温度の方が、高くなった。有名な波の花が生まれ、ぼたん雪のように、風に飛ばされて、海岸に、吹き寄せてくる。

海岸の道路を、越前岬に向かって走っていたバスが、猛烈な波の花のため、前方が、見えなくなって、とまってしまった。

運転手は、風で、吹き払われるのを、待っていた。

少なくなってくる。

ただ、落ちた波の花が道に積もってしまう。

運転手は、走って大丈夫かどうか見ようと、運転席から道路に降りて、前方を、調べることにした。

積もった波の花を、蹴飛ばして、散らす。その下に、障害物があったら、困ると思ったのだ。

まず、そんなものがあるはずがないとも思うのだが、用心深い性格だった。

最初は、まじめに、蹴飛ばしていたのだが、だんだん、乱暴になった。

最後のかたまりを、面倒くさそうに、蹴飛ばした時、足が、何か、固いものに、ぶつかった。

波の花のかたまりの下に、何かあったのだ。

運転手は、心配で、蹴散らしていたのに、いざ、それが、出てくると、びっくりしてしまった。

運転手は、気味悪そうに、自分が、蹴ってしまったものに、眼をこらした。

「運転手さん！　早く動かしてくれよ！」

と、乗客が、大声で、催促してくる。

それに向かって、手をあげて見せてから、運転手は眼を近づけた。

暗いので、よくわからないが、人間の身体《からだ》みたいに見える。

しゃがんで、なお、眼を凝《こ》らす。

間違いなかった。人間なのだ。人間が俯《うつぶ》せに、道路端《ばた》に、寝ているのだ。

運転手は、車に走って戻ると、懐中電灯を持って、とって帰した。

「運転手さん、何してるんだ！」

と、乗客が、叫ぶ。

運転手は、懐中電灯の明かりを、寝ている人間に向けた。

コート姿の中年の男に見えた。首に巻いた赤いマフラーが、いやに鮮やかに、運転手の眼に飛び込んできた。

「どうしたんだ！」

と、いいながら、運転手は、寝ている男の肩のあたりを、ゆすった。

だが、何の反応もない。

しびれをきらしたバスの乗客が、一人、二人と、白い息を吐きながら、道路に降りて、駈《か》け寄って来た。

「何やってるんだ？」

「早く出さんかい」

と、いいながら、のぞき込んで、一様に、黙ってしまった。

「寝てるのか？」

と、小声で、きく。

「死んでるみたいだよ」

と、運転手が、いった。

「とにかく、警察に知らせなきゃいかん」

と、乗客の一人が、いった。

「まだ、息があるかも知れんから、救急車を呼んだ方がいいんじゃないか」

と、もう一人が、いった。

反対方向から、乗用車が、走って来て、とまり、警笛を、たて続けに、鳴らした。

バスの運転手は、その車に駈け寄り、事情を話し、電話を探して、一一九番と、一一〇番、どちらかに、連絡してくれと、頼んだ。

3

パトカーと、救急車が、同時にやって来た。

まず、救急隊員が、調べ、首を横に振った。

パトカーの警官二人が、車のフロントライトの中に、横たわっている死体を、調べることになった。

救急隊員が、手伝って、死体を、仰向《あおむ》けにした。

三十五、六歳に見える男だった。額《ひたい》に、血が、こびりついている。コンクリートの地面に倒れて、打ちつけた時のものだろうか。

「死因が、わかりますか？」

と、警官が、救急隊員に、きいた。

「多分、打撲によるものだと思います。後頭部を、激しく、殴《なぐ》られたんだと思います」

と、救急隊員が、いった。

警官は、あわてて、死体の後頭部に、手を入れてみた。ぬるっとしたものが、指先に、伝ってくる。手を抜き出すと、血が、べったりと、ついている。

死体の髪が豊かなので、仰向けにする時、気がつかなかったのだ。

（殺人！）

という言葉が、一人の警官の頭をかすめた。

「署に連絡してくれ。殺人事件の疑いがあると」

と、その警官が、もう一人に、いった。

いわれた方が、パトカーに戻って、無線電話に、かじりついた。

更《さら》に、三十分して、パトカー二台と、鑑識の車が、現場に、駆けつけた。

先頭の車から降りて来たのは、県警捜査一課の南《みなみ》という若い警部だった。

鑑識が、現場写真を撮《と》っている間、南は、第一発見者の、バスの運転手から、事情聴取を始めた。

運転手は、波の花が、降り注いだために、バスを止めて、調べたことから、話した。

「波の花ね」

と、南は、呟《つぶや》いた。

まだ、時々、白い波の花が、つぶてのように、飛んで来る。

南は、それに、顔をしかめながら、

「その時、近くに、人の姿や、車を見なかった？」

と、バスの運転手に、きいた。

「何しろ、波の花が、吹雪《ふぶき》みたいに、飛んで来て、前方が、見えなくなったので、バスをとめたんです。人間も、車も、見えませんでしたよ」

と、運転手は、いった。

南の部下の刑事たちが、死体のポケットを調べ、所持品を取り出して、南に見せた。

運転免許証

財布

ハンカチ

キーホルダー

運転免許証の名前は、笠井豊《かさいゆたか》。三十五歳。住所は、東京だった。

「観光客か」

と、南は、呟いた。

「財布の中身は、二十三万六千円。それに、キャッシュカードなど、カードが三枚入っています」

と、刑事の一人が、報告する。

「金持ちだな」

「腕時計は、コルムです。五、六十万はするものでしょう」

「物盗《と》りの犯行ではないということか」

「そう思われます」

「怨恨《えんこん》だと、犯人も、観光客かも知れないな。そうなると、限定するのが、難しい」

と、南は、眉《まゆ》を寄せた。

死体は、毛布に包まれ、司法解剖のために、大学病院に運ばれることになった。

南は、部下の吉田《よしだ》刑事と二人で、レンタ・カーを探すことにした。

現場に行くには、車が、一番である。バスもあるが、現場まで行って、バスから降りて、殺され、犯人も、バスに乗って逃げたというのは、考えにくい。

現場の近くに、名所、旧跡といったものは、ないからだ。

タクシーも、考えにくかった。運転手に、顔を覚えられてしまうから、タクシーを使って、現場まで行き、殺人をして、また、タクシーで戻るというのは、犯人なら、やらないだろう。

残るのは、自家用車と、レンタ・カーである。

東京から、自家用車を飛ばして来るというのも、ちょっと、考えにくい。遠過ぎるからだ。普通なら、飛行機で、金沢（小松《こまつ》）まで来て、あとはレンタ・カーを、利用するというのが、一番、自然だろう。

レンタ・カーなら、越前海岸のどこでも止めて、人を殺し、逃げることが出来る。

問題は、レンタ・カーを借りた場所である。

金沢（小松）空港で、借りたのかも知れないし、より、現場に近いJRの福井駅で、借りたのかも知れない。

南は、まず、金沢（小松）空港に当たってみることにした。

あいにく、金沢（小松）空港は、南のいる福井県ではなく、石川県である。向こうの県警の了解を得なければならない。

南は、福井警察署に戻り、石川県警に、越前海岸で起きた事件を話し、捜査協力を要請した。

東京からの飛行便の中に、笠井豊という客の名前はないか、空港近くの営業所で、レンタ・カーを借りていないかの二つの点を調べて欲しいということである。

回答は、明日になるということだった。

南は、東京の警視庁にも、被害者の経歴と、交友関係の調査を依頼した。

ただ、被害者の住所に連絡したが、電話に、誰も出ないところを見ると、家族はいないのかも知れない。

夜になって、大学病院に依頼しておいた司法解剖の結果が出た。

死因は、心臓発作である。脳挫傷《のうざしょう》は、かなり、深いもので、鈍器《どんき》のようなもので、三回から四回、強打されているという。死因が心臓発作ということは、何回も後頭部を殴《なぐ》られ、瀕死《ひんし》の重傷を負《お》ったが、まだ、絶命はしなかったということになる。

また、顔や、手足に傷があり、右脚が、骨折していることも、わかった。

死亡推定時刻は、十二月二日の午後五時から六時の間である。越前海岸は、すでに、暗くなりかけている時刻だった。

翌日になって、まず、石川県警から、回答が、寄せられた。

東京↓金沢（小松）の飛行機は、一日八便あるのだが、十一月三十日、十二月一日、二日と、調べてみたが、乗客名簿に、笠井豊の名前はなかった。また空港周辺のレンタ・カー営業所で調べたが、笠井豊という名前で、車が、レンタルされた事実もないという回答だった。

もちろん、乗客名簿の中に、笠井豊の名前がないからといって、乗らなかったとは断定できない。偽名で乗ったかも知れないからである。

ただ、レンタ・カーの方は、本名が出るから、被害者本人が、借りてないことだけは、はっきりした。

もし、被害者が、飛行機で、来たのではないとすると、列車で、来たのだろうか？

東京からの距離は、遠いのだが、新幹線で、名古屋或るいは、米原《まいばら》まで来たあと、在来線を使えば、それほど、時間は、かからないだろう。

南は、ＪＲ福井駅周辺のレンタ・カー営業所を調べることにした。

列車で来たとすれば、福井駅で降りた可能性が高いと考えたからである。

こちらの方は、推理が適中して、駅前のＮレンタ・カー営業所で、笠井豊の名前が、見つかった。

死亡した十二月二日の前日、一日の午後三時に、笠井豊の名前で、白のトヨタマークII が、貸し出されていることが、わかったのである。

応対した係の男は、南の質問に対して、

「間違いなく、笠井さん本人が、来られました」

と、答えた。

レンタルの期間は、十二月一日から、三日までの三日間だった。

「それで、その車は、今、何処《どこ》ですか？　今日は、三日だが」

と、南は、きいた。

「まだ、返されていません」

「借りに来た時ですが、笠井豊は、一人で来たんですか？　それとも、連れがいましたか？」

そこが、肝心《かんじん》だと思ったので、南は、念を押すように、強い調子できいた。

「お客さまが、お一人で来られましたし、お一人で、乗って行かれました」

と、係の青年は、答えた。

これで、二つのことが、わかったと、南は、思った。

被害者は、殺される前日に、車を借りているから、一日には、何処かで、一泊した筈《はず》である。

その場所と、ホテル、旅館が、わかれば、容疑者が、浮かんでくるかも知れない。

もう一つは、車のことである。殺人現場付近には、白のトヨタのマークIIは、見つかっていないから、犯人は、その車で、逃亡したと考えられるのだ。車を、発見する必要がある。

南は、この二つに、全力をあげることにした。

この日の捜査会議でも、この方針は、確認された。

問題の車の写真と、ナンバーが、手配された。

十二月一日に、被害者が、何処で、泊まったか？

福井周辺には、温泉地が、多い。東京から来た観光客なら、大半は、こうした温泉地に行く。特に、今は、冬である。温泉地へ行ったと考えるのが、自然だろう。

一番近い場所としては、芦原《あわら》温泉。少し離れているが、隣りの石川県に、片山津《かたやまづ》、山代《やましろ》、山中《やまなか》といった、加賀《かが》温泉群がある。

南は、手始めに、芦原温泉に、刑事たちを行かせて、ホテル、旅館を、調べさせた。

芦原温泉は、農夫が、井戸を掘っていて、偶然、温泉が出たのが始まりというだけに、周囲を、水田に囲まれている。

風景を楽しむという温泉ではない。ただ、周辺に、東尋坊《とうじんぼう》などの名所があるので、そこへ行くための根拠地として、栄えてきたといってもいいだろう。

ホテル、旅館四十二軒、その他に、民宿などがある。

刑事たちは、その一つ一つを、笠井豊の写真を持って、訪ねて廻《まわ》った。

その結果、ホテルKで、笠井豊の名前が、見つかった。

支配人、フロント係、それに、仲居たちから話を聞く。

笠井は、十二月一日の午後四時頃に、一人でやって来て、チェック・インした。

電話で、一週間前に、予約したのだという。

宿泊予定は、十二月一日一泊だけだった。レンタ・カーは、三日間、借りているから、翌日の二日には、他に、泊まることを、考えていたのかも知れない。

笠井は、翌二日の午前十一時に、ホテルを、チェック・アウトしている。

「お泊まりになってから、夜、二回、東京に、お電話なさっています」

と、支配人は、いった。

その記録が、残っていた。

「外から、電話が、かかったことはありませんか？」

と、吉田刑事が、きいた。

「ありません。二回とも、お客さまが、部屋から、おかけになりました」

と、これは、フロント係が、答えた。

「部屋での様子は、どうでしたか？」

と、吉田は、仲居に、きいた。

「普通にしていらっしゃいましたよ。食事も、よくお食べになりましたし、温泉にも、何回か、お入りになって、いい湯だったよと、ニコニコしていらっしゃいました」

と、仲居は、いう。

「心配そうにしていたことはなかったかね？」

「ぜんぜん、そんな様子は、ありませんでしたけど」

と、仲居は、いった。

ホテルに訪ねて来た人もいなかったようだとも、いう。

と、すれば、犯人には、二日になって、会ったのだろう。

犯人も、東京から、二日になってやって来たのだろうか？

男だろうか？　それとも、女なのだろうか？

行方《ゆくえ》不明の車、白いトヨタのマークIIは、なかなか、見つからなかった。

犯人は、レンタ・カーで、笠井と一緒に、越前海岸の現場まで行ったに違いない。そして、殺害。あとは、その車で、逃亡したのだ。何処へ逃げたのだろうか？

4

殺人現場から、北へ向かうと、有名な東尋坊に到る。

今や、東尋坊は、あまりにも有名になってしまって、食べ物店や、土産物店が並び、海には、遊覧船が、ひしめいていた。荒涼とした自然の名所という面影《おもかげ》は、なくなってしまっている。

反対に、南に下ると、呼鳥門《こちょうもん》を抜けて、越前岬に着く。

呼鳥門は、山から海に突き出した断崖に、風が大きな穴をあけ、その穴を道路が抜けている名所なのだが、そこには、近くに、店とレストランが、一軒ずつあるだけである。

ここを抜けて、越前岬へ向かう道路は、山から海に張り出した断崖の連続の中を、山際《やまぎわ》に、へばりつくように、くねくねと伸び、時には、トンネルをくぐる。

へばりついているのは、道路だけではなく、点在する民家もである。

山の中腹に、白い灯台が見えてくる。越前岬灯台である。

その灯台の下あたり、海に向かって、ひときわ大きく突き出した、ごつごつした断崖が、越前岬だった。

高さ数十メートルの断崖の下には、冬の日本海の激しい波しぶきが、音を立てている。

近くには、野生の水仙の群落があるのだが、この時期、まだ、咲いていない。

空も、地面も、灰色一色に包まれたように見える季節である。

そして、時々、粉雪が舞う。それに、波の花、この二つが、唯一の彩《いろど》りといえるかも知れない。

越前岬を過ぎて、更に南に下がると、玉川《たまがわ》温泉とぶつかる。

越前海岸では、温泉は、ここだけといっていい。小さいが、ホテル、旅館が九軒あり、夏は、ここに泊まって、海水浴や、釣りに出かける観光客が多い。

真冬の今は、温泉につかり、越前ガニ（ずわいガニ）に、舌つづみを打つということになるだろう。

この玉川温泉のS旅館に、十二月二日の夜、若い女が、一人で、泊まった。

予約はしてなかったが、部屋が空《あ》いていたし、若い女を、こんな時間に、追い返すわけにもいかないということで、女将《おかみ》は、泊めることにした。

二十七、八歳だろう。

宿泊カードに、女は、東京の住所と、井上《いのうえ》かおりの名前を書いた。

「二日ほど、泊まりたい」

と、彼女は、いった。

今どきの若い女にしては、ひどく物静かな、口数の少ない客だった。

仲居が、話しかけても、乗って来ないので、話が、すぐ、途切れてしまった。

仲居が、女将に向かって、

「あのお客、自殺するんじゃありませんかね」

と、相談したほどである。

しかし、自殺もせず二日泊まって、四日の朝、出発して行った。

北陸本線の武生《たけふ》駅行のバスの時間を聞いてから出て行ったので、そのバスに乗ったのだろうと、女将は考えていた。

だが、彼女が出発して行ったあと、旅館の小さな駐車場に、白い車が一台、残っていることに、気がついた。

四台で、一杯になる駐車場の隅に、白いトヨタのマークIIが、残っていたのである。

まだ、泊まり客が、残っていたので、きいてみたが、全員、バスで来たという。

「さっきの女のお客さんの車じゃないのかしら？」

と、女将が、いったが、自分の乗って来た車を忘れてしまうというのは、ちょっと、考えられなかった。

女が、夜、着いた時、自分の車で来たのか、バスで来たのか、調べていないので、女将にも、仲居にも、自信がない。

女将は、仲居と、ともかく、その車を調べてみた。

レンタ・カーだった。そのナンバーを見て、仲居が、

「この番号、警察からのビラにあったのと同じじゃありません？」

と、女将を見た。

女将は、あわてて、昨日の夕方、配られたビラを取りに、旅館の中に戻った。この番号の車を見たら、通報してくれと、旅館組合が、配って来たビラである。

車は、白のトヨタマークII、レンタ・カーで、ナンバーは×××。

「同じだ」

と、女将は、青い顔で、呟いた。

5

知らせを受けて、南は、吉田刑事と、パトカーで、玉川温泉に、駈けつけた。

鑑識も同行した。

鑑識が、車を調べている間、南は、旅館の女将と仲居から、話を聞いた。

「その女が、あの車で、十二月二日の夜、やって来たことは、間違いないんですか？」

と、南は、女将に、きいた。

「そうだとは、思うんですけどねえ。見ていたわけじゃないので――」

と、女将は、あまり自信がなさそうに、いった。

「しかし、おたくの駐車場でしょう？」

「ええ。でも、ご覧のように、ちょっと、離れてるんですよ。土地がなくて、離れた空地を買ったもんですから。だから、あの女の人が、玄関を開けて入って来た時、車を駐車場に置いてから来たのか、バスを降りて、来たのか、わからなかったんですよ」

と、女将は、いう。南は、次第に、いらいらしながら、

「しかし、他のお客の車じゃないんでしょう？」

と、声を強めて、きいた。

「ええ。そうなんですけど、あのお客が、バスで、帰ってしまったもので――」

「どんな女だったんですか?」

と、吉田刑事が、きいた。

南の方は、はっきりしない女将に腹を立てて、睨《にら》んでいた。

「背の高い、きれいな人でしたよ」

と、女将は、いう。

「名前は、井上かおりとありますが、これは、本人が、書いたものですか?」

吉田が、きいた。

「ええ」

「二日から泊まって、今日、出発して行ったんですね?」

「ええ。午前中に」

「何処へ行くか、いっていましたか?」

「武生行のバスに乗ると、いっていましたよ」

と、女将が、答えた時、車を調べていた鑑識の人間が、来て、南に、

「リア・シートに、血痕《けっこん》が見つかりました。かなりの量です」

と、報告した。

南の顔が、険《けわ》しくなった。

彼は、吉田刑事に、向かって、

「君は、絵が、上手《うま》かったね。女将さんと、仲居さんに協力して貰《もら》って、その女の似顔絵を、作ってくれ」

と、いった。

問題の車は、捜査本部の置かれた福井警察署に運び、血痕は、殺された笠井豊のものと、照合することになった。

南は、女将と仲居に、井上かおりの、旅館での様子を、聞いた。

「とても、大人《おとな》しい、静かな方でしたよ」

と、仲居が、いう。

「ここから、何処かへ、電話したということは？」

「ありませんわ」

「じゃあ、二日間、何をしていたんだ？」

と、南は、仲居に、きいた。

「時々、外出なさってましたけど」

「何処へ、行ったんだ？」

「いえ。海岸に出て、じっと、海を見つめてるんですよ。風が冷たくて、それに、粉雪が舞ってた時もなんです。心配しましたよ」

「カゼでも、ひくと思ったのか？」

「いえ。自殺するんじゃないかと思って、女将さんに、相談したくらいなんです」

「そんな雰囲気があったのか？」

「ええ。だから、心配したんですよ」

と、仲居は、いった。

吉田刑事に、女の顔立ちを説明していた女将が、

「交代して」

と、仲居に、いってから、南に、

「あのお客さん、何かしたんですか？」

「殺人事件に関係があるのかも知れない」

「ああ、東京から来た観光客が、殺された事件ですね？」

「そうなんだ。あの車は、殺された男が、借りたレンタ・カーだ」

「でも、あんな、物静かな女の人が、人殺しをするんでしょうかねえ」

女将は、小さく、首を振った。

「どんな人間だって、ちょっとした迷いから、人を殺すことがあるんだよ」

と、南は、いった。

「もし、あの女の人が、犯人なら、よほどの事情があったんでしょうね」

と、女将は、いった。

似顔絵が、出来あがった。

女将と、仲居は、よく似ているといった。

確かに、そこに描かれた女の顔は、美しかった。そして、寂しい感じがする。

南と、吉田は、その似顔絵を持って、パトカーに、戻った。

「すぐ、それを、コピーして、手配します」

と、吉田は、いった。

パトカーは、スピードを出して、捜査本部に向かう。

「この女が、犯人ですかね？」

車の中で、吉田が、きく。

「重要参考人であることは、確かだよ」

と、南が、いう。

「もし、彼女が犯人だとすると、井上かおりという名前も、当てになりませんね」

「多分、偽名だろう」

「しかし、なぜ、逃げなかったんでしょうか？」

と、吉田が、いった。

「玉川温泉に、逃げたじゃないか」

「でも、殺人現場から、それほど離れていませんよ。二日あれば、日本の北でも、南でも、逃げられたでしょうに」

と、吉田は、不思議がった。

「女に、何か事情があったんだろう」

と、南は、いった。

「もし、女が、犯人としてですが――」

「まだ、疑問があるのか？」

「いいえ。そうじゃありません。レンタ・カーのリア・シートに血痕があったということは、そこで、男を、殺したことになりますね」

「いきなり、後頭部を殴りつけたのさ。スパナでも、使ったんだろう」

「男は、海岸道路で、死んでいましたから、女は、車のリア・シートで、殴り殺してから、道路に放り出して、逃げたんでしょうか？」

　と、吉田が、きいた。

「そうだな」

　と、南は、考えていたが、

「違うな」

「違いますか？」

「それなら、死体は、違う場所で見つかっている筈だ。それと、被害者は、心臓発作を起こして死んだんだし、全身に傷があり、右脚を、骨折していた」

「そうです」

「それなら、こういうことが、考えられるんじゃないかね。女は、リア・シートで、男を、殴りつけた。死んだと思って、死体を、どこかへ運ぼうと、海岸道路を、車を走らせた。ところが、男は、まだ、死んでいなかった。必死になって、走る車の中で、ドアを開け、道路に飛びおりた。その時、全身を打ち、右脚を、骨折してしまった。胸だって強打したんじゃないかな。それで、心臓発作を起こして、死んだ」

「なるほど」

「女は、気付いたが、車を止めて、戻るわけにはいかない。後続車があって、見つかってしまう恐れがあるからね。それで、逃げた」
と、南は、いった。
「今の季節、車が少ないですからね。発見されるまで、時間があったのかも知れません
ね」
と、吉田が、いった時、突然、頭上で、雷が、鳴った。
冬の越前海岸では、時々、雷が鳴る。そして、突然、ひょうが、降って来た。
大きなひょうが、パトカーの屋根を、猛烈な勢いで、叩《たた》く。お互いの会話が聞こえなく
なるくらいの凄《すさ》まじい音だった。
これが、越前海岸の冬なのだ。
内陸部に入って、海岸から離れると、嘘《うそ》のように、ひょうは止み、空が明るくなった。
これも、北陸だった。
捜査本部に戻ると、東京の警視庁から、FAXが、送られて来ていた。
南は、吉田に、似顔絵のコピーを、提示しておいて、そのFAXに、眼を通した。
〈ご照会のあった笠井豊について、これまでにわかったことを、ご報告します。
笠井は、金沢の生まれで、東京の美術学校を卒業しています。彼の描く絵は、一部の人

には、認められていますが、絵が、高く売れるまではいっていません。

ただ、笠井は、若い時から、女にもてて、彼のために、金を出そうという資産家の女性が多く、生活に困ることは、なかったようです。

二年前、四十七歳の資産家の未亡人が、自殺しました。彼女の家には、笠井の絵が、十数点あり、彼のために、パトロンの真似《まね》をしていたと思われます。なぜ、彼女が自殺したのかは不明ですが、その原因に、笠井の存在があったことは、否定できません。

笠井の友人は、画家が多いのですが、彼等にいわせると、笠井は、才能はあるのだが、その性格の冷酷さが、絵に表われていて、それで、絵が、売れないのではないかと、いっています。温かみのない絵だというのです。

三十五歳まで、結婚しなかった理由も、その冷たさにあるようです。

笠井が、越前に行った理由については、わかりません。以上です
警視庁捜査一課　十津川《とつがわ》省三《しようぞう》〉

6

永平寺には、今日も、参拝者が多い。

人々は、通用門から入り、三百円を払って、靴《くつ》を脱ぎ、中にあがる。

若い僧の案内で、仏殿や、法堂、それに、修行僧が座禅する僧堂などを、見て廻る。

板敷なので、しんしんと、寒い。

案内の若い僧は、参拝客の中に、いつかの客がいるのを見て、はっとした。

いきなり、人を殺したいといって、彼を驚かせた女である。

仏殿では、じっと、如来像《にょらい》を見つめている。ここには、過去、現在、未来、三世《さんぜ》の如来が祭られている。

若い僧は、しきりに、彼女のことが気になって、案内どころではなくなってしまった。

そこで、彼女に、近寄って、

「もう、心の迷いは、消えましたか？」

と、声をかけた。

女は、三世如来像から、彼に、眼を向けた。

そのまま、黙っている。

「三日前にも、ここに来られて、人を殺すのは、どんな時でも、許されないのかと、私にきいた方でしょう？」

と、若い僧は、きいた。

「もう、いいんです」

と、女は、いった。

「それは、迷いが、なくなったということですか？」

「もう、彼は、死にましたから」

と、女は、いい、歩き出した。

「え？」

と、一瞬、絶句してから、若い僧は、あわてて、女の後を追った。

奥の法堂につながる渡り廊下のところで、追いついて、

「今のは、どういうことなんですか？」

と、女に、きいた。

女は、ほとんど、無表情に、

「私、臆病なんです」

「何のことを、いってるんですか？」

「ひとりで死ねないのは、なぜなんでしょうか？」

「死ぬなんて、考えちゃいけません」

と、若い僧が、強い調子で、いうと、なぜか女は、口元に、微笑を浮かべた。

若い僧は、自分が、馬鹿にされたような気がして、むっとしたが、女は、さっさと歩いて行き、そこにいた七、八人のグループの中に、まぎれ込んでしまった。

そうなると、彼女にだけ、話しかけるわけにもいかなかった。

気になりながら、彼女が、僧堂を抜けて、下山して行くのを見送るより、仕方がなかった。

7

南は、出来あがった似顔絵のコピーを、部下の刑事たちに持たせて、聞き込みに当たらせることにした。

女は、すでに、県外に出てしまっているかも知れないが、彼女の足跡を、見つけたかったのである。

玉川温泉から、何処へ行ったのか、まず、それが、知りたかったのだ。

鑑識から、いい知らせが入った。

白のマークIIのリア・シートで見つかった血液は、AB型の血液型だった。それは、被害者の笠井豊のものと、一致したのである。

車の中から、凶器は、見つからなかったが、Nレンタ・カー営業所の係を呼んで、車を見て貰ったところ、スパナが一本、失《な》くなっていることが、わかった。

多分、そのスパナが、凶器だろう。

車のハンドルなどから、指紋が、検出された。

南は、その指紋を警視庁に送り、念のために、前科者カードと、照合して貰ったが、それに、該当者は、見つからなかった。

また、女が、玉川温泉の旅館で、書いた名前と住所も、東京に、照会した。

だが、南が、予測した通り、住所は、でたらめだった。恐らく、井上かおりという名前も、偽名だろう。

刑事たちの聞き込みは、なかなか、うまくいかなかった。

女の足跡が、つかめないのだ。

旅館の話では、女は、武生行のバスに乗ったという。しかし、乗ったところを、見ているわけではないのだ。

南は、東京の警視庁にも、似顔絵を、FAXで、送っておいた。

笠井豊と、関係のあった女の中に、この女がいなかったかどうか、調べて貰うつもりだった。

その返事は、まだ、来ない。

（どうも、はかばかしく、捜査が進展しないな）

と、南が、ぶつぶつ、呟いていると、電話が入った。

南が、出ると、

「永平寺の寺務所ですが」

と、相手が、いった。

「永平寺――ですか？」

南が、何の用かと、思っていると、相手は、

「修行僧の一人が、参拝者の若い女が、妙なことをいったと、しきりに気にしているのです。なんでも、人を殺しても、許される場合があるのかと、きかれたというのです」

「それは、いつのことですか？」

「十二月二日のことだそうです。その女性が、今日、また、見えたというのです」

「今日は、何といっていたんですか？」

「すぐ、そちらに、伺《うかが》いますと、いったそうです」

と、南は、いった。

南は、吉田刑事の運転するパトカーで、永平寺に向かった。

福井の街を抜け、雪をかぶった水田の中を走る。

山あいに近づくと、永平寺という大きな看板が眼に入る。

やがて、道路沿いに、土産物屋や、食堂、それに、参拝者目当ての旅館などが、並んでいるのが、見えてくる。

南は、どうも、宗教というのが苦手で、福井に住みながら、永平寺に参拝したことは、一度もなかった。

だが、今は、そんなことは、いっていられなかった。

駐車場に、パトカーをとめ、南と、吉田は、寺務所に足を運んだ。

南が、警察手帳を見せると、問題の若い僧を、呼んでくれた。
二十五、六歳に見える修行僧だった。
南は、彼に、女の似顔絵を見せて、

「この女じゃありませんでしたか？」

と、きいた。

若い僧は、じっと、似顔絵を見ていたが、

「よく似ています」

と、いった。

「彼女が、最初に、ここにやって来たのは、十二月二日ということでしたね？」

「そうです」

「二日の何時頃でした？」

「午前十一時頃だったと思います」

「ひとりで、来たんですか？」

と、南は、きいた。

「わかりません。というのは、参拝者が、どっと、やって来て、彼女は、その中にいたからです」

と、若い僧は、いう。

「その時、あなたに、何をいったんですか？　正確な彼女の言葉を知りたいんですよ」

と、南は、いった。

若い僧は、緊張した表情で、

「そうですね。私に、ご相談したいことがあるといいました」

「なるほど」

「私が、どんなことですかときくと、彼女は、迷っているようでしたが、私が、更に促《うなが》すと、彼女は、こういいました。私はある人を殺したいと思っています。どんな時でも、人を殺すことは、許されませんかとです」

「それで、あなたは、何と答えられたんですか？」

「そんなことは、いけないに決まっていると、答えましたよ」

「それで、彼女は？」

「わかりました、もうご相談はしません、といって帰って行きました。それで、私は、わかって下さったと思っていたのです」

「その女性が、今日、また、来たんですね？」

「そうです」

「今日の何時頃ですか？」

「午後三時頃でした」

と、若い僧は、いう。

南は、腕時計に眼をやった。今、午後五時四十分である。

二時間四十分たってしまっているのだ。

永平寺から、京福《けいふく》電鉄で、福井まで三十五分。車なら、福井駅まで、四十分くらいだが、

（もう、県外へ、出てしまっているな）

と、南は、思った。

そう思った時、眼の前の若い僧に、腹が立ってきた。

今日、彼女が現われた時、引き止めておいて、電話してくれたら、彼女を、捕えられたのにと、思ったからである。

「それで、今日の女の様子を、詳《くわ》しく話して下さい」

と、南は、自分をおさえて、きいた。

「今日、彼女が来ているのを見つけて、二日のことを思い出しました。気になって仕方がないので、彼女に、もう心の迷いは、消えましたかと、ききました」

と、若い僧は、いう。

「そうしたら、彼女は、何といったんですか？」

「こういいました。もういいんですとです。私が、更に、それは、どういう意味かと、ききました。そうしたら、もう彼は死にましたといいましたよ。びっくりしましたが、彼女が、本気でいっていたのか、冗談なのか、わからなくて、警察へ電話するのが、ためらわれたのです」

と、相手は、いった。

「もう彼は、死にましたと、いったんですね？」

「そうです」

「彼を殺しましたとは、いわなかった？」

「ええ。死にましたと、いいました」

「その他に、彼女は、何かいいましたか？」

「妙なことをいってましたね。私は、臆病で、ひとりで死ねないというようなことをです」

と、若い僧は、いった。

「その時の女の様子は、どうでした？」

と、南は、きいた。

「顔色は、少し青く見えましたが、冷静な感じでしたね」

と、若い僧は、いった。

南は、礼をいい、吉田刑事と、永平寺を、後にした。

参拝者の流れに逆らうように、駐車場まで歩き、パトカーに、乗り込んだ。

「どういう気なんですかね」

と、吉田が、きいた。

「何が？」

「女のことですよ。女が、犯人なら、なぜ、この永平寺にまでやって来て、人を殺してもいいでしょうかなんて、坊さんに、きいたりしたんですかね？　殺していいなんて、答える筈がないじゃありませんか」

吉田が、怒ったように、いい、パトカーを、発進させた。

「きっと、迷っていたんだろう」

と、南が、答える。

「迷ってるんなら、止《や》めればいいですよ」

「だが、殺してしまったんだ。そう思う」

と、南は、いった。

8

その手紙が、十津川のところに廻されて来たのは、十二月五日だった。

しかし、封筒にあった消印は、一カ月以上前の十一月一日になっていた。

封筒の宛先《あてさき》が、「警視庁御中」となっていたため、広報に回され、広報では、単なる警察への要望と考えて、処理してしまったのだという。

「それが、なぜ、今になって、私のところに廻って来たんだ？」

と、十津川は、封筒の差出人のところを見ながら、きいた。差出人の名前はない。

「その手紙の中に出て来る名前が、最近の事件に関係があったのを思い出して、こちらに廻して来たようです」

「何という名前だ？」

「それは、読んで下されば、わかるということでした」

「つまり、読んで、事件になるかどうか、判断しろということか」

と、十津川は、苦笑した。

とにかく、封筒から、中身を取り出し、眼を通してみることにした。

〈警視庁様
私は、どう手紙を書いていいのか、わかりませんので、勝手な形で書きます。
私は、子供ではありませんから、正義が必ず勝つとか、善良な人が、必ず幸福になるとも思っていません。むしろ、その逆が、人生の真実とは思っています。
でも、我慢が出来ない現実にぶつかれば、何とかして、それを、匡《ただ》そうとするのは、当然ではないでしょうか？

それを、警察にやって頂きたいのです。

丁度《ちょうど》二年前の十一月一日に、世田谷《せたがや》区成城《せいじょう》で、本田由美《ほんだゆみ》という四十七歳の女性が死にました。自宅地下の車庫で、首を吊《つ》って、死んでいたのです。生活に疲れたという遺書があったので、自殺として、処理されてしまいました。

でも、絶対に、あれは、自殺なんかじゃありません。遺書の文字は、確かに、本人の筆跡によく似ていますが、ニセモノです。文章を、仔細《しさい》に比較すれば、別人が、書いたものだということが、わかる筈です。

彼女は、殺されたのです。殺した犯人もわかっています。笠井豊という自称、画家です。絵の才能なんかはありません。ただ、ハンサムで、女性に取り入るのがうまいだけの男です。

彼女は、資産家の未亡人で、退屈していました。

笠井は、そんな彼女の気持ちの空白と、彼女の優しさに、つけ込んで、金を出させていたのです。彼女は、笠井の画才を信じて、彼のいうがままに、お金を出して来ました。

もちろん、男と女の関係も、生まれていたと思います。私が、注意しても、彼女は、笠井の才能を信じ、いつか彼を、日本一の画家にして見せるといって、聞きませんでした。

でも、笠井のでたらめな性格は、自然に、表に出てしまうものです。笠井は、彼女の印鑑を使って、勝手に預金を下ろして、使ってしまったり、彼女の家で、他の女に会ったり、次第に、本性を現わしてきて、さすがの彼女も、次第に、笠井を、警戒するようになり、うとんじて来たのです。

笠井も、それに気付いたのです。このままでは、見捨てられてしまう。金が、自由にならなくなる。笠井が、一番恐れたのは、そのことだったと思います。笠井は、あの日も、勝手に、大金を引き出し、そのことで、彼女と、激しい口論になり、笠井は、彼女を、絞殺し、それを、自殺に見せかけて、地下の車庫に、吊るしたのです。

笠井は、そのあと、彼女の筆跡を真似て、遺書を作りあげました。腐っても画家の彼は、筆跡を真似ることぐらい、簡単だったと思います。

彼女が、笠井に失恋して、そのために、自殺したという人もいますが、これも、嘘です。彼女は、優しい女性ですが、それほど、弱い女性ではありません。それに、彼女は、あの頃、今も言ったように、笠井の俗物性に気付いて、彼から、離れようとしていたのです。従って、自殺などする筈がないのです。

ですから、お願い致します。

あれが、自殺ではなく、笠井が殺したことを、警察の力で、証明し、彼を、罰して下さい。

警察が、動いて下されば、私は、それで、満足します。

でも、警察が、いぜんとして、自殺と考えて、動いて下さらないのなら、私は、自分で笠井豊という男を、裁きます。私に、そんなことをさせないためにも、二年前の事件を、もう一度、調べて下さい。

お願い致します。〉

9

手紙の最後のところに、広報室長の、次の文字が、書き込まれていた。

〈この件は、自殺と確定済〉

広報で処理され、再捜査は、行なわれなかったのである。

十津川は、読み終わると、考え込んだ。

この手紙の中にある笠井豊と、同一人と思われる男が、十二月二日、越前海岸で、殺されている。

だからこそ、広報室は、この手紙を、捜査一課に廻して来たのだろう。

十津川は、手紙を、亀井《かめい》刑事にも、見せた。

亀井が、熱心に、眼を通している。十津川は、煙草をくわえて、火をつけた。

この手紙を、どう受け止めればいいのか、とっさに判断がつかなかった。

亀井が、読み了《お》えて、眼をあげた。

「われわれが、この手紙を無視したので、手紙の主《ぬし》は、自分で、笠井豊を、殺したのでしょうか？」

と、亀井が、きいた。

「形としては、そうなっている」

と、十津川は、いった。

「しかし、二年前に、自殺として処理したものを、もう一度、調べ直せと要求する方が、無理ですよ。広報が、無視したのも、当然だと思います」

亀井は、怒ったように、いった。

「その通りだよ。だがね——」

と、十津川は、苦しげな表情になった。

「第一、この手紙の主は、絶対に、自殺ではなく、殺人《ころし》だといっていますが、それだって、勝手に息まいているだけで、自殺かも知れないのです。遺書もありましたからね」

「わかってるんだよ、カメさん」

「それに、もし、本当に、殺人《ころし》だと確信しているのなら、なぜ、匿名《とくめい》の手紙を寄越《よこ》したりしたんですかねえ。正々堂々と、名前を書いてくればいいじゃありませんか」

「それも、カメさんのいう通りなんだ。だがね――」

「警部は、何が怖いんですか？」

と、亀井は、きいた。

「そうなんだ。私は、今、怖がってる」

と、十津川は、いった。

「その手紙を貰いながら、なぜ、二年前の事件を調べ直さなかったのだと、非難されることがですか？」

と、亀井が、更に、きく。

「いや、違う。世間の非難を、怖いと思ったことは、私は、一度もない」

十津川は、きっぱりと、いった。

「でも、警部は、何か怖がっていますね」

「多分、それは、この手紙の激しい調子だと思うよ」

と、十津川は、いった。

「確かに、思いつめた調子で、書かれていることは、感じますが――」

「だから、怖いんだ」

「しかし、笠井豊は、越前海岸で、殺されてしまっていますよ。今更《いまさら》、二年前の事件を、調べ直しても、追いつきませんが――」

「わかっている」

と、十津川は、いい、考え込んでいたが、急に、

「三上《みかみ》本部長に、会ってくる」

と、いった。

十津川は、その手紙を持って、本部長室に、向かった。

三上は、書類に眼を通しているところだった。

十津川が、手紙のことを話すと、三上は、

「その手紙のことなら、広報から聞いているよ。内容もだ。君のところに廻したのは、そこに書かれている笠井豊が、越前海岸で殺された男と同一人物か、確認させるためだ。向

こうの県警にも、一応、知らせる必要があるだろうと、思ってね」

と、冷静な口調で、いった。

「同一人物であることは、間違いありません」

「それなら、福井県警に連絡して、それで、終わりだ。ご苦労さん」

「お願いがあります」

と、十津川は、いった。

三上は、笑って、

「どうしたんだ？　そんな怖い顔をして」

「助けて下さい」

と、十津川は、いった。

「何をいってるんだ？　何を助けるんだ？」

三上は、びっくりした顔で、きく。

「この手紙の主は、女だと思います。現に、福井県警は、犯人と思われる二十七、八歳の女を追っています」

「それで、いいじゃないか」

「彼女を助けたいのです」

と、十津川は、いった。

「君のいう意味が、わからんな。犯人なら、当然、逮捕すべきだろう。違うのかね？」

「手紙の激しい調子から見て、彼女は、笠井豊を殺したあと、自殺するつもりだと思います。まだ、死体が見つかったという知らせは、福井県警から来ていませんが、彼女は、警察に捕まるよりも、死を選ぶと思うのです。それを、助けたいのです」

と、十津川は、いった。

「助けるといって、どうすれば、助けられると思っているのかね？」

と、三上が、きいた。

「方法は、一つしかありません。われわれが、二年前の事件を、再捜査すると、発表するのです。彼女にとって、唯一の心残りは、恐らく、二年前の事件のことだと思います。もし、われわれが、再捜査すると発表すれば、彼女は、その結果を見てから死のうと思うでしょう。少なくとも、今すぐの自殺を防ぐことは、出来ます」

十津川は、熱っぽく、三上に、訴えた。

「十津川君。君は、本気で、再捜査などということを、考えているのかね？」

三上は、眉を寄せて、十津川を見た。

「それ以外に、彼女を助ける方法は、ありません」

「二年前に、自殺と断定された事件なんだよ。それを、再捜査するなんてことが、簡単に出来ると思うのかね？」

と、三上が、いう。

「難しいのは、わかっています」

と、十津川は、いい、続けて、

「しかし、私は、彼女を、自殺させたくないのです」

「自殺するとは、限らんだろう？」

「自殺します」

と、十津川は、断定するように、いった。

「なぜ、そういえるんだ？」

「手紙の調子です」

「それだけか？」

「そうです。それで、十分です」

「説得力がないな」

「しかし、彼女が、自殺し、その時、警察に対する恨《うら》み、つらみを遺書に残せば、世論は、彼女に味方し、警察は、非難の的になりますよ」

十津川は、脅《おど》すように、いった。

三上は、黙ってしまった。一番、世論を気にする性格だったからである。

「二年前の事件を、内々で調べるわけには、いかんのかね？　それで、他殺の疑いが出て来たら、再捜査をするというのは」

「間に合いません。こうしている間にも、彼女は、越前岬から、投身自殺しているかも知れないのです」

「脅しなさんな」

「いえ、事実を申し上げています」

と、十津川は、いった。

10

三上は、決断できず、副総監のところまで、行った。

そこでも、十津川は、すぐ、再捜査を発表しなければ、手紙の主は、自殺するだろうと、訴えた。

副総監の矢木《やぎ》は、すぐには、結論は出せないと、いい、

「会議を開いてからだな」

と、いった。

十津川は、小さく、首を横に振って、

「それでは、間に合いません。会議を開いている間に、彼女は、自殺してしまいます。時間がないのです。今、すぐにでも、記者会見を開いて、発表して下さい」

「理由をきかれたら、どう答えるんだ？　女一人の命を助けるためとでもいうのかね？」

「悪くはありません。今、必要なのは、一刻も早く、再捜査を発表し、それを、彼女が、知ってくれることです」

十津川は、こうなると、頑固《がんこ》になる。

矢木副総監は、呆《あき》れたように、十津川を見て、

「具体的に、どう説明するんだ？　なぜ、二年前の事件を捜査し直すと、きかれた時にだ」

「殺人の可能性が出て来たからと、答えます」

「どんな可能性だときかれたら？」

「そこまで答えなくてもいいと思います。彼女に、警察の意志を伝えればいいのですから」

と、十津川は、いった。

「そうすれば、彼女は、自殺を思い止《とど》まると思うのか？」

「思います。彼女は、再捜査の結果を、知りたいだろうと思いますから」

「断言できるのか？」

「出来ます」

と、十津川は、いった。

「もし、再捜査をしても、自殺ということになったら、どうするんだ？」

と、矢木は、十津川に、きいた。

「私は、他殺だと信じていますが、何度もいいましたように、今は、とにかく、彼女を、死なせたくないのです。彼女は、死を決意して、越前海岸で、笠井豊を殺したと思いますから」

と、十津川は、いった。

「責任を取る覚悟があるか？」

と、矢木が、きいた。

「もちろん、あります」

と、十津川は、いった。ただ、今のところ、何に対して、責任を取るべきなのか、はっきりしていない。

今、この時間に、越前岬で、彼女は、自殺してしまっているかも知れなかったからである。

「すぐ、記者会見を開いて、二年前の事件の再捜査を発表したまえ」

と、矢木は、三上に、いった。

「そんなことを発表して、構《かま》いませんか？」

三上が、不安気《げ》に、いう。

「私も、二年前の事件に、疑問を感じ始めたんだよ」

と、矢木は、いった。

すぐ、記者会見が行なわれ、二年前の事件について、再捜査を行なうことを、三上が、発表した。

「世田谷区成城で、資産家の未亡人が、地下車庫で、首を吊った事件です。殺人の疑いが出て来たので、再捜査をすることになりました」

三上が、話すと、当然、記者たちから、質問が浴びせられた。

そのほとんどが、なぜ、急に、再捜査に踏み切るのかという理由を聞きたいというものだった。

それに対しては、十津川が、答えた。

「今はいえませんが、殺人と信じさせるに足る新しい証拠が出て来たので、再捜査を開始するわけです」

「その証拠は、どういうものなんですか？」

「それは、今は、いえません。とにかく、再捜査するに足るものだということだけは、申し上げられます」

と、十津川は、いい、それで、押しまくった。

思わせぶりないい方は、苦手《にがて》なのだが、今回は、仕方がなかった。

警察が、すでに、解決ずみの事件を、再捜査することは、めったにない。それだけに、新聞は、大きく取り上げるだろう。その期待は、十津川には、あった。

十津川の予期したように、その日の夕刊に、再捜査の記事が、大きく載《の》った。

ほとんどの新聞が、皮肉まじりの書き方をしていた。

無理もない。警察が、自《みずか》ら進んで、過去の事件を再捜査することなど、皆無に近かったからである。

それだけに、「これは驚き――」だの「記者たちは、一様に驚きの色を隠せず――」といった形容詞が、並んだ。

十津川は、どう書かれようと、構わなかった。

彼女に、こちらの意志が通じれば、良かったのだ。

彼女が、福井県警に、出頭してくれてもいいし、どこかに、隠れていても構わない。自殺しないでくれれば、良かったのだ。

「この記事を、見てくれますかね？」

と、亀井は、夕刊の記事に眼を通しながら、いった。

「笠井豊殺しの犯人が、逮捕されたとも、自首して来たとも、福井県警からは、知らせて来ないんだ。逃亡中ならば、捜査の状況は、心配になるだろうから、新聞は、見る筈だ。テレビのニュースも見るだろう」

と、十津川は、いった。

「それでは、彼女が、記事を見たとして、再捜査を進めますか」

と、亀井が、いった。

福井県警からは、笠井豊殺しの、容疑者の似顔絵が、ＦＡＸで、送られて来ていた。

「まず、この女と、二年前に死んだ本田由美との関係を知りたいね。彼女は、本田由美の仇討ちをしたつもりでいるだろうから、深い関係がある筈だ」

と、十津川は、いった。

西本《にしもと》刑事たちが、似顔絵のコピーを持って、聞き込みに出かけて行った。

これは、簡単に、結果が出ると、十津川は、楽観していた。あんな手紙を、警察宛に書き、仇討ちに、笠井豊を殺した女である。ただの知り合いが、そんなことをする筈がないのだ。

十津川の予想が、当たった。

西本と、日下《くさか》が、帰って来て、

「最初、本田由美の娘ではないかと思っていたんですが、違いました。本田由美には、子供がいないことが、わかりました。似顔絵の女とは、血のつながりは、ありません」

「どんな関係なんだ？」

「女の名前は、井上香《かおり》です。彼女は、無名ですが、デザイナーということになっています」

と、西本がいい、日下が、それに続けて、

「本田由美は、もともと、画家になりたかったようで、資産家の未亡人になってからは、自分が、スポンサーになって、若くて、才能のある人を、援助したいという気になったんじゃないかと、思いますね。笠井豊も、その中の一人だったと、思いますが、井上香も、同じなんです。井上香は、北海道の江別《えべつ》という町の生まれで、デザイナーを志《こころざ》して上京していますが、仕事の行き詰まりと、男性関係のもつれが重なり、二十四歳の時、自殺を図っています。それを、助けたのが、たまたま、その頃、彼女の才能に惚《ほ》れて、彼女に、何着か、外出用のドレスを注文していた本田由美で、傷心の井上香を、お金を出して、パリに、留学させています」

「命の恩人だったということか？」

「命と、心の恩人じゃありませんか？　日本にいたのでは、心の痛手から、立ち直れないだろうと思って、本田由美は、井上香を、パリのデザインスクールに、行かせていますから」

「なるほどね。その井上香が、パリにいる間に、本田由美が、死んだということか？」

と、十津川が、きく。

「そうです。井上香は、それを知って、帰国しています。本田由美の葬儀に参列していますから」

と、西本が、答える。

「そのあと、彼女は、どうしたのかね？　その時は、本田由美の自殺に、疑問を持たなかったのだろうか？」

と、十津川は、きいた。

「井上香は、葬儀のあと、再び、パリに渡っていますから、その時は、疑いを持っていなかったか、或るいは、おかしいなとは思いながら、突っ込んで調べることはしなかったんだと思いますね。また、きちんと、パリで、勉強をすませることが、死んだ本田由美へのたむけになるんだと、いわれたことも、あったようです」

「そして、二年間、勉強したあと、再び、帰国したということか？」

「そうだと思います」

「二年後に、帰国してから、どうしたんだ？」

と、十津川は、きいた。

「井上香は、今年の七月に帰国しています。その後、大手の繊維メーカーに、就職しました」

「それが、なぜ、今になって、本田由美の死は、他殺だと考え、その犯人として、笠井豊を、考えるようになったんだろう？」

と、亀井が、きいた。

「今、その点を、三田村《みたむら》と、北条《ほうじょう》の二人が、調べていますが、今年の七月から、今日までの間に、彼女は、笠井と、つき合うようになったのではないかと、思います」

と、西本は、いった。

「証拠は、あるのか?」

「笠井の友人、といっても、少ないんですが、きいてみたところ、笠井と、井上香が、一緒にいるところを見たという証言がありました。どちらから、近づいたのかは、今、三田村と、北条が、調べています」

「問題の手紙だが、井上香の筆跡は、手に入れたか？」

と、十津川は、きいた。

西本と、日下の二人は、井上香の女友だちが、パリの彼女から受け取ったという手紙二通を、十津川に、渡した。

確かに、見ただけでも、よく似た筆跡である。

念のために、専門家に、鑑定を依頼することにする。

一時間ほどして、三田村と、北条早苗《さなえ》が、帰って来た。

11

「笠井と、井上香のどちらから接近したのかは、まだ、わかりませんが、彼女が働いていたR繊維のデザイン部門の同僚の証言によると、彼女が、笠井と思われる男と、六本木《ろっぽんぎ》あたりで、デイトしているのを、何回か、目撃しています」

と、三田村が、報告した。

「彼女が、どんな気持で、笠井とつき合っていたのか、わかるかね？」

と、十津川は、きいた。

「彼女が、会社で、机を並べている小杉《こすぎ》マキという女性に会って来ました。彼女も、同じ年代で、同じく、ヨーロッパ帰りで、気が合うので、いろいろと、お喋《しゃべ》りをしたといっています。彼女が、井上香に、恋人のことをきいたところ、こう答えたといっています。今、つき合ってる男とは、恋じゃないの、とですわ」

と、早苗は、いった。

「その男というのは、笠井豊のことか？」

「そうです」

「恋でなく、つき合っていたということは、やはり、本田由美の死の真相を調べるためということになるんだろうね」

「そう思いますわ」

と、早苗は、いった。

十月末になって、彼女は、本田由美が、笠井豊に殺されたのではないかという疑いを持ち、あの手紙を、警視庁に、送りつけたのだろうか。

「問題は、二年前の事件だな」

と、十津川は、いった。

「何しろ、二年前のことですからね」

西本は、少しばかり、弱気になっていた。

十津川は、この事件を扱った世田谷の成城署から、調書を取り寄せた。

一読して、最初から、自殺と決めつけて調べたことが、はっきりとわかる調書だった。

これを、訂正するのは、難しそうだった。

ただ、当時、資産五億とも、十億ともいわれていた未亡人だけに、他殺の疑いも、少しは、持ったらしい。

そのせいで、遺書も、ビニール袋に入れて、保存されていた。

調書の要旨《ようし》は、次のようなものだった。

〈本件は、十一月一日に、起きた。

朝七時、通いのお手伝いの鈴木《すずき》かな子（六〇）が、いつものように、成城の本田由美邸に行き、預かっているキーで、中に入った。

朝食の支度《したく》をすませたが、いつもなら、起きて来る筈の由美が、いつまで待っても、起きて来ない。

心配になったかな子が、家の中を探したところ、地下車庫で、首を吊って死んでいる本田由美を発見し、驚いて、警察に通報した。

成城署の刑事が、調べたところ、寝室のテーブルに、遺書を発見した。

当時、由美は、悲しいことが多いと、友人たちに、なげいていたので、それが、自殺の動機と、考えられた。

また、遺書にも、同様の文章が見られた。念のため、遺体は、司法解剖され、前日の十月三十一日午後十時から十一時までの間に死んだことが、わかり、ナイトガウン姿で死んでいた理由も、わかった。

遺書を書くのに使われたと思われるボールペンや、遺書の便箋《びんせん》からも、彼女の指紋が採取され、自殺が、確定した。〉

問題の遺書も、封筒ごと、ボールペンと一緒に、ビニール袋に入っている。

便箋一枚に書かれた遺書にも、十津川は、眼を通してみた。

〈人生には、悲しいことばかりが多過ぎます。お金がいくらあっても、何の慰めにもなりませんでした。
私は疲れました。さようなら
十月三十一日
本田由美〉

「いやに、短い遺書ですね」

と、亀井が、いった。

「遺書なんて、たいてい、短いものさ」

と、十津川は、いった。

「この便箋にも、本田由美の指紋がついていたわけですか」

「そうだろうね」

「筆跡鑑定をしてみますか」

「いや。その前に、この調書を作った成城署の刑事に、会って、話を聞きたい」

と、十津川は、いった。

成城署の島崎《しまざき》という刑事が、すぐ、呼ばれた。

五十歳近い島崎は、不機嫌《ふきげん》だった。自分が、自殺と断定した事件が、今、再捜査されているのだから、当然だろう。

「この便箋にも、本人の指紋が、ついていたんだね？」

と、十津川が、きくと、島崎は、

「そうです。ボールペンからは、右手の指紋が、鮮明についていました。左手でおさえて、書いたということです。ボールペンからは、右手の指紋が、検出されています。本人が書いたことは、間違いありません」

と、怒ったように、いった。

「筆跡は？」

と、亀井が、きいた。

「眼で見て、同一人の筆跡と思いました。専門家の鑑定は、受けていませんが」

と、島崎は、いう。

「当時、本田由美は、笠井豊とつき合っていて、経済的な援助をしていた筈なんだが、そのことは、知っていたか？」

と、十津川は、きいた。

「もちろん、知っていましたよ。しかし、警部。笠井は、本田由美を殺しても、何のトクにもならんのです。遺産は、一円も、彼には、入りませんからね。彼にしてみれば、いつまでも、彼女に生きていて貰って、金を出してくれていた方が、トクなわけです」

と、島崎は、いう。

「なるほど」

「警部。私は、やみくもに、自殺と、考えたわけではありません」

と、島崎は、文句を、いった。

「その時、笠井には、会ったのか？」

と、十津川は、きいた。

「会って、話を聞きました」

「どんな印象だったね？」

「彼は、泣いていましたね。号泣《ごうきゅう》といっていいと思います」

と、島崎は、いった。

「号泣ねえ」

「本田由美は、自分にとって、精神的にも、経済的にも、支えだった。その二つの支えを失って、これから、どうやって、生きていけばいいのか、わからなくなったといって、泣くんです」

「本当に、泣いていたのか？」

「涙を、ポロポロ流していましたよ。芸術家というのは、感情の起伏《きふく》が激しいものだなと、感心したのを、覚えています」

と、島崎は、いった。

「芸術家か」

と、十津川は、呟いた。

十津川は、笠井が描いたという絵を、二枚、持って来させて、見たのだが、確かに、感情の激しさを、そのまま、カンバスに、叩きつけたような絵である。ただ、優しさとか、愛とかは、全く、感じられない絵でもある。

「今でも、自殺と思うか？」

と、十津川は、島崎に、きいてみた。

「思います」

と、いうのが、島崎の答えだった。

12

どうしても、他殺の証拠がつかめない。

十津川は、焦燥《しょうそう》を感じた。

福井県警の南警部からは、井上香の遺体が見つかったという知らせは、来ないが、いつまでも、こちらが、二年前の事件について、他殺の証拠を見つけられなければ、香は、再び、警察に対して、不信感を持ち、氷の海に、身を投げてしまうかも知れない。

「何しろ、二年前の事件ですからね」

と、西本が、いった。

「だから、何だというんだ？」

十津川は、つい、声を荒らげてしまった。

西本のいうことが、もっともなのだ。刑事たちの話では、本田由美の成城の家は、すでに、売りに出されているという。それだけの年月が過ぎているということなのだ。

十津川は、答えを求めて、亀井と、その家に行ってみた。

玄関は、かたく閉ざされ、「ご用の方は、××不動産へ」と書いた看板が、立っていた。

十津川と、亀井は、そこへ電話をかけ、中に入れて貰った。

二年間、人が住んでいなかったせいで、調度品の消えた、がらんとした邸《やしき》の中は、うす汚れている。

地下の車庫にも、クモの巣が張っていた。

「駄目ですね。二年前の状況を再現するのは、難しいですよ」

と、亀井が、いった。

遺書があったという二階の寝室も、同じだった。いつでも、売却できるようにだろう。ベッドも、テーブルも、失くなっている。

「カメさんのいう通りだな。事件の再現は、出来そうもないな」

十津川は、失笑して、いった。

警視庁に戻ると、井上香の筆跡鑑定の結果が、報告されて来ていた。

十一月一日に、送られて来た投書の筆跡は、井上香のものに間違いないという報告だった。

やはり、井上香が書いたものだったかと、思ったが、これは、それで、終わりだった。二年前の事件が、殺人だという証拠にはならない。

西本と、日下には、笠井豊のマンションも調べさせた。

日記でもあって、それに、本田由美を殺したことが、告白されていればと、淡い期待を持ったのだが、そんなものは、やはり、ないものねだりだった。

西本と、日下は、帰って来ると、見つかりませんでしたと、報告した。

「その代わり、井上香と一緒に撮った写真は、何枚かありました」

と、西本はいい、その二枚を、十津川に、見せた。

一枚は、どこか、温泉地で撮ったものらしく、二人の背後で、湯けむりが、あがっている。

もう一枚は、マンションの一室で撮ったものらしく、ベッドの上で、笠井が、香の肩に、手を廻して、笑っていた。

これで、二人が、つき合っていたことは、証明されたのだ。

この時、香は、必死で、笠井が、本田由美を殺した証拠を、つかもうとしていたのだろうか？

「参ったね」

と、十津川は、呟いた。

三上本部長からは、嫌味をいわれた。

「これで、他殺が証明できないと、マスコミの袋叩きに遭《あ》うぞ」

と、である。

「警部。コーヒーでも、飲みに行きませんか」

と、亀井が、誘った。

十津川は、疲れた顔を上げて、

「そうです。あまり、熱中すると、いい考えが、浮かびませんよ」

と、亀井は、笑った。

「そうだな」

と、十津川は、肯《うなず》き、二人は、庁内にある喫茶室に出かけた。

コーヒーを注文する。

「カメさん。参ったよ。調べるところは、全部、調べたが、他殺の証拠なんて、ぜんぜん、出て来ない」

十津川は、いった。

「参ったなんて、警部らしくないじゃありませんか」

と、亀井が、いった。

運ばれて来たコーヒーを飲み、十津川は、煙草に、火をつけた。

「八方ふさがりだよ。それに、時間もない」

と、十津川は、いった。

「何しろ、肝心の笠井豊が、殺されてしまっていますからね」

と、亀井が、いう。

「コーヒーか」

「そうなんだ。訊問《じんもん》が出来れば、矛盾点を突いて、本田由美を殺したと、いわせられるんだがね」

「何か、見落としているものが、あるのかも知れませんよ」

と、亀井が、いった。

「そんなものが、あったかな?」

「例の遺書ですが、まだ、筆跡の鑑定をしてないでしょう?」

「ああ。だがね、鑑定の結果、本田由美のものと違う可能性が出て来たとしても、だからといって、笠井豊が書いたものだという証拠にはならない。カメさんだって、筆跡鑑定の結果で、犯人と断定できないことは、知っているだろう? 証拠能力がないんだよ」

と、十津川は、いった。

「もちろん、わかっていますが――」

「これか――」

と、十津川は、ポケットから、本田由美の遺書を取り出して、テーブルの上に置いた。

短い遺書を、十津川は、何度、読み直したか、わからない。

井上香は、投書の中で「本田由美らしくない遺書だ」と、書いていたが、どう、彼女らしくないのか、十津川には、わからなかった。

それに、たとえ、彼女らしくない文章だとわかっても、それが、即、笠井豊の犯行という証拠には、ならないのだ。

もう一度、テーブルの上の遺書に、じっと、眼をやる。

その眼が、急に、鋭く光った。

「これは、何だろう？」

と、十津川は、呟く。

「何ですか？」

と、亀井が、のぞき込んできた。

「この便箋の左隅にある黒い点だよ」

十津川は、そういって、遺書を、亀井に、渡した。

遺書の言葉とは関係のない、余白の部分に、シミのような、うす黒い、小さな点が、ついているのだ。小さな一ミリほどの点だった。

「何ですかね？」

と、亀井も、首をひねった。

「それ、血じゃないか？」

と、十津川は、いった。

「血痕――ですか？」

亀井は、半信半疑の眼になっている。

「もし、それが、血痕だとしたら――？」

と、十津川は、呟いていたが、急に、立ち上がると、

「カメさん。行こう」

「何処へですか？」

「科研だよ」

と、十津川は、いった。

二人は、科研へ、パトカーを飛ばした。

そこで、顔見知りの田島《たじま》技官に、遺書を、というより、遺書の書かれた便箋を見せた。

「この隅についている小さなシミだが、血痕じゃないか？」

と、十津川は、田島に、きいた。

田島は、「血痕？」と、呟いてから、その便箋を、顕微鏡で、調べてくれた。

十津川は、答えが、早く欲しくて、傍から、

「まだ、わからないか？」

と、せっついた。

田島は、黙って、顕微鏡を、のぞいていたが、

「血痕らしいな」

と、いった。

「その小ささでも、血液型は、わかるか？」

「もちろん、わかるよ。今の技術は、優秀だからね。血液型が、必要なのか？」

と、田島が、眼をあげて、きいた。

「すぐ、調べてくれ」

と、十津川は、いった。

13

いつもなら、警視庁に戻って、結果を待つのだが、この日は、十津川は、科研で、待った。

なかなか、結果が出ない。

三時間以上、すぎて、やっと、田島が、顔を出した。

「わかったか？」

と、十津川の方から、声をかけた。

「わかったよ。あれは、間違いなく、血痕だ。かなり古いものだ」

田島は、落ち着いた声で、いう。

「そんなことは、わかってるんだ。問題は、血液型なんだ。B型じゃないだろうな？」

と、十津川は、いった。

「B型だと、まずいのか？」

「B型なのか？」

「いや、ABだ。AB型だよ」

と、田島は、いった。

十津川は、いきなり、田島の手を握りしめて、

「ありがとう」

「今日の君は、どうかしてるんじゃないのか？」

呆《あき》れた顔で、田島が、いう。

「いいんだ。助かったよ。いや、私じゃない。これで、人間一人、助かるかも知れないんだ」

と、十津川は、いった。

十津川と、亀井は、パトカーに乗ったが、車の中でも、十津川は、浮き浮きしていた。

「本田由美の血液型はBだ。だから、遺書についていた血痕は、彼女のものじゃない。笠井豊は、ABなんだ。彼の血痕なんだよ」

と、十津川は、いった。

「笠井の血痕が、なぜ、遺書に？」

「彼は、本田由美の首を締めて殺した。その時、かなり、抵抗されたんだろう。彼女が、笠井の手首を引っかいたんじゃないかと思う。彼が、由美の筆跡をまねて、遺書を書いている時、ポツリと、血が、一滴、便箋に落ちたんだよ。笠井は、夢中で、それに気がつかなかったんだ」

十津川は、いっきに、喋った。

「しかし、気がついていたかも知れませんよ」

と、亀井が、いう。

「気がついたとしても、駄目だったんだよ」

「なぜですか？　もう一枚、遺書を書けばよかったんじゃありませんか？」

と、亀井が、いう。

「遺書を作り、その便箋に、由美の指紋をつけた。その時、一滴の血痕がついてしまったとしよう。だが、その間にも、由美の死後硬直は、どんどん、進行していく。一刻も早く、地下車庫に運び、自殺に見せかけなければならない。それが、出来なくなったら、何もかも、駄目になってしまうんだ。それで、血痕に気付いても、それには、眼をつぶったんだろうと、思うね」

と、十津川は、いった。

十津川は、警視庁に戻ると、すぐ、三上刑事部長に、報告した。

「遺書が、笠井豊によって、書かれたものであることが、判明しました。これは、間違いなく殺人で、犯人は、笠井豊です」

「そうか」

「すぐ、発表して下さい。そうすれば、井上香は、ほっとして、自首すると思います」

と、十津川は、いった。

記者会見が、開かれ、二年前の事件が、殺人であることがわかり、犯人は、越前海岸で殺された笠井豊であると、発表した。

翌日の朝刊に、大きく載った。

それを見て、十津川は、力が、抜けていくのを感じた。

これで、井上香は、自殺を、思い止まってくれるだろう。そう思ったからである。

二日後、福井県警の南警部から、電話が、入った。

「井上香が、見つかりました」

「自首して来たんですね？」

「いえ。越前岬近くで、溺死体《できしたい》で、発見されたんです。覚悟の自殺でした」

「バカな！」

と、十津川は、思わず、電話に向かって、叫んでいた。

なぜ、自殺なんかしたんだ。何のために、こちらで、苦労したのか？

「とにかく、そちらへ行きます」

と、十津川は、いった。

亀井と、その日の便で、金沢（小松）へ飛び、福井に向かう。

福井警察署で、南に会った。

「遺体の発見された場所へ、ご案内します」

と、南は、いい、パトカーを、越前岬へ、飛ばしてくれた。

越前の海は、相変わらず、鉛色に沈み、空が、鳴っていた。

越前岬の灯台の見えるところへ来て、南は、車をとめた。

車の外に出ると、寒い、というより、冷たく、風が、痛い。

「向こうの岩礁のところで、発見されました」

と、南は、いってから、

「遺書が、届きました。死ぬ前に、投函したんだと思います。宛先は、福井県警になっていましたが、十津川さんが、お読みになるのが、一番ふさわしいと思います」

と、続け、ポケットから、手紙を取り出して、十津川に渡した。

風が強いので、十津川は、パトカーに戻って、その手紙を読んだ。

〈警察の方々に、まず、お礼をいいます。

二年前の事件を、再捜査して下さって、ありがとうございます。

私の恩人の本田由美さんが、自殺する筈がないと思い、それを、お願いしました。

でも、聞き届けて下さらなかったので、自分の手で、仇を討つより仕方がないと思い、

笠井を、越前海岸へ呼び出して、殺してしまいました。

その後でですが、再捜査が、始まり、私は、小さな温泉に隠れて、じっと、その結果を、待ちました。

どうしても、その結果を、知りたかったのです。二年前の事件なので、再捜査は、難しかったと思いますのに、今朝、あれが、殺人で、犯人は、笠井豊と発表されたのを、知

りました。

本当に、ありがとうございます。

これで、もう、思い残すことは、ありません。

安心して、死ぬことが出来ます。笠井を殺したあと、死ぬことが出来ず、自分の臆病さに、腹を立てていたのですが、今になって、わかったのは、やはり、思い残すことがあったので、死ぬことが、出来なかったのです。

向こうで、本田由美さんに、会うことがあったら、真実が明らかになったと、報告致します。

井上　香〉

十津川は、その手紙を、ポケットに、突っ込むと、もう一度、車の外に出た。

亀井と、並んで、海を見つめた。

空《むな》しい気がした。

（何が、安心して、死ねます――だ）

何のために、苦労して、再捜査をしたのだ。

全て、お前を、死なせてはいけないと、思ったからではないか。

「十津川さん。遺体を、ご覧になりますか？」

と、南が、きいた。

十津川は、海に眼をやったまま、

「いや、このまま、東京に帰ります」

と、いった。

EF63型機関車の証言

1

秋日和《びより》の土曜日だからといって、誰もが、楽しい行楽に出かけるとは限らない。病気で寝ている人もいるだろうし、中には、銀行強盗を働く人間もいるのだ。

浅草《あさくさ》雷 門《かみなりもん》近くにあるM銀行浅草支店に、その強盗が入って来たのは、十月三十日土曜日の午前十一時二十分頃である。

店内には、この時、五人の客がいた。

身長一七三センチぐらいで、グレーのコートを着て、眼と鼻、それに、口のところに穴をあけた毛糸の頭巾《ずきん》をすっぽりかぶった男は、店内に入って来るなり、拳銃を一発、ぶっ放した。

弾丸は、天井《てんじよう》に命中した。

そうやって、十五人の行員と、五人の客を、ふるえあがらせておいてから、男は、窓口の女子行員に向かって、

「これに、金を詰めろ!」

と、大きなボストンバッグを渡した。

男は、落ち着いていた。

支店長の浜田《はまだ》は、客に怪我《けが》をさせてはいけないと考え、女子行員にいって、百万円の札束を五つ、バッグに入れさせた。

男は、「まだだ」と、いった。

「あと五百万ばかり、入れるんだ」

浜田は、仕方なくいわれるままに、五百万円を入れると、男は、ボストンバッグを、抱《かか》えて、

「今から、五分間、そのままにしているんだ。さもないと、容赦なく、殺すぞ！」

と、捨てゼリフをはき、さッと、扉の外に抜け出して行った。

若い行員の一人が、あわてて、そのあとを追った。が、銀行の前の通りは、土曜日ということもあって、人通りが多く、男の姿は、その雑踏の中に、消えてしまっていた。

警察に通じる非常ボタンは、男が入って来た時に、支店長が押していたから、二、三分後には、パトカーが駆け付け、すぐ、銀行の周辺に、非常線が張られた。

犯人は、まだ、非常線に引っ掛かっていなかった。

十津川は、浜田支店長、拳銃を突きつけられて脅《おど》かされた女子行員の花井千寿子《はないちずこ》たちから、犯人の特徴を聞いた。

銃口を、頰《ほお》のあたりに押しつけられたという千寿子は、まだ、蒼《あお》ざめた顔で、声もふるえていた。

「眼や鼻、口しか出ない覆面をしていたんで、顔は、わかりません」

と、彼女は、いった。

「プロレスラーがかぶっているようなものですね？」

「ええ。白い毛糸であんでありました」

「背恰好《せかっこう》を教えて下さい」

「身長は一七三センチくらいでしたわ。がっちりした体格で、グレーのコートを着てました。声からして、中年の男の人だと思いましたけど」

「私も、中年だと思いましたよ」

と、浜田支店長が、口を添えた。

「声に聞き覚えは？」

「ありません」

「ここには、監視カメラが備え付けてありますね」

十津川は、天井や、壁に付いているカメラを見廻《まわ》した。

「全部で五台付いていますから、犯人も、ちゃんと、写したと思います。二秒ごとに、シャッターが切れることになっています」

浜田は、自慢そうに、いった。

「では、現像が出来次第、われわれに、見せて下さい」

「わかりました」

「犯人は、手袋をはめていましたか？」

亀井が、代わってきくと、千寿子が「はい」と、肯《うなず》いた。

「茶色の革《かわ》手袋をはめていましたわ」

それでは、指紋から、犯人を割り出すことは、出来そうもない。

2

一時間経過した。が、犯人が、検問の網に引っ掛かったという報告は、聞けなかった。

非常線が張られる前に、犯人は、近くにとめておいた車で逃走してしまったのかも知れない。

或るいは、銀行から、地下鉄の浅草駅まで歩いて、五、六分の距離ということを考えれば、犯人は、地下鉄で、銀座《ぎんざ》、新橋《しんばし》方面に逃走したということも考えられた。

ただ、東武線《とうぶ》の浅草駅も、ほとんど同じ近さだから、東武線で、日光《にっこう》方面に、逃亡した可能性もある。

毛糸であんだ覆面と、拳銃は、銀行近くの路地で発見された。

拳銃は、改造拳銃だった。

恐らく、犯人は、銀行を出たあと、すぐ、この路地に飛び込み、覆面と、拳銃を捨てたのだろう。

「プロのやり方ですよ。行員の話でも、犯人は、落ち着いていたといいますし、素早く行動しています」

と、亀井は、舌打ちした。

二時間後に、銀行の監視カメラがとらえた犯人の写真が出来てきた。

二秒間に一枚の割り合いで、撮《と》られた写真である。

犯人が、正面から撮られているものが、十枚あった。

十津川は、その十枚を、順番に並べてみた。

覆面をした犯人が、拳銃で、女子行員の花井千寿子を脅しているところ、ボストンバッグを投げているところ、それを抱えて、逃げるところなどが、連続して写っている。

十枚の写真を束《たば》ねて、ぱらぱらと、めくってみると、犯人が、ぎくしゃくした動きを見せた。駒数《こま》の少ないアニメの感じである。それでも、犯人の動きは、わかる。

十津川と一緒に、見ていた亀井が、急に、眼を光らせた。

「奴ですよ。深見次郎《ふかみじろう》ですよ。これは！」

と、大声を出した。

「そうだ、これは、深見だ」

十津川も、大きく肯いた。

顎《あご》を突き出すようなポーズ、右肩が少しあがっている恰好。背恰好も、前科三犯の深見次郎そっくりだと思った。

深見は、前に、郵便局を襲って、五百万円を強奪したことがある。確か、それで、五年間、刑務所に入っていて、最近、出所した筈《はず》だった。

ひょっとすると、長引きそうだと思われた事件だが、犯人が割れれば、簡単に片付くだろう。

深見の住所は、四谷《よつや》三丁目の青葉《あおば》荘というアパートになっている。

十津川と亀井は、すぐ、パトカーを飛ばした。

青葉荘というアパートは、簡単に見つかった。すでに、夕暮れが近づいていた。

新築のプレハブ二階建てのアパートである。

（深見が犯人なら、もう、高飛びしているかも知れない）

と、十津川は、思っていた。それでも、彼が犯人であることを、確認しなければならない。

階下《した》の郵便受けのところに、二〇九号室として、「深見」の名前が書いてあった。

「本名で、部屋を借りていますね」

亀井が、意外そうな顔をした。

二階にあがって行くと、二〇九号室のドアにも、「深見」と、あった。

しかし、その下に、四角い紙が、貼《は》りつけてあって、次の文字が、書いてあった。

〈五日ほど留守にします。新聞は、その間、入れないで下さい。　深見〉

「逃げたかな？」

と、十津川が、呟《つぶや》いた。

亀井が、階下から、管理人を呼んできた。

五十五、六歳の小柄《こがら》な男だった。

「深見さんなら、お出かけになっていますよ」

と、管理人は、いった。

「いつ、どこへ出かけたのか、わかりませんか？」

十津川は、丁寧《ていねい》にきいた。

「お出かけになったのは、今朝《けさ》です。三日ほど、留守にするので、よろしくと、いって。腰の低い、いい方ですよ」

管理人は、ニコニコ笑いながら、いった。

十津川は、苦笑した。

「何時頃だったか、わかりますか？」

「確か、十時頃でしたよ」

と、管理人はいう。

浅草のＭ銀行に強盗が入ったのは、午前十一時二十分頃である。

四谷三丁目から地下鉄に乗り、赤坂見附で乗りかえれば、浅草まで、四十分あれば、着けるだろう。ゆっくり間に合うのだ。

「今日、出かけるとき、どんな服装でした？」

「コートを着て、ボストンバッグを手に下げていましたね」

「ボストンバッグの色は？」

「茶色っぽかったと思いますよ」

それなら、銀行強盗に使われたものと、色は同じだ。

「コートの色はどうです？」

「赤と黒のチェックでしたね」

「グレーじゃなかったんですか？」

亀井が、口をはさんだ。

管理人は、「違いますよ」と、首を横に振った。

「赤と黒のチェックでした。ずいぶん派手なのを着るんだなと思いましたからね。深見さんは、もう四十二、三でしょう？」

「四十三です。行先は、いわなかったんですか？」

「ええ。聞いていません」

「じゃあ、カギを開けてくれませんか」

「深見さんが、どうかしたんですか？」

「いや、今のところ、何にもいえません」

と、十津川は、あいまいにいった。

管理人が、マスター・キーで、ドアを開けてくれた。

十津川と、亀井は、中に入ってみた。

二カ月前に、出所したばかりということもあってか、調度品のほとんどない、がらんとした部屋だった。

六畳に三畳、台所とトイレはついているが風呂はない。

奥の六畳に、安物の机と、中古のテレビ、それだけである。

押入れを開けると、布団の類は、ひと通り揃《そろ》っていた。

机の引出しを開けてみたが、ボールペンが一本入っていただけである。

あと、部屋にあったのは、週刊誌が数冊と、古新聞だけだった。

「何もない部屋ですね」

亀井が、感心したようにいった。

「刑務所を出て、二カ月では、こんなものだろう」

と、十津川はいい、念のために、管理人にきいてみると、やはり、刑務所をでて、すぐ、このアパートを借りたようだった。

「深見が犯人だとしたら、もうここには帰って来ないんじゃありませんか？　一千万円という大金を手に入れたんですから、悠々と温泉めぐりでもする気でいるんじゃないでしょうか」

「そうだな。この部屋のものを、全部合わせたって、二、三万円ぐらいだろう。それなら、わざわざ、取りに戻って来る筈もない」

「警部も、深見を犯人だと思われますか？」

「多分ね。コートは違っているが、これは、おそらく、リバーシブルで、裏、表の両面が使えるやつだと思う」

「同感ですね」

二人の意見は一致した。

深見が犯人なら、この安アパートに戻って来ることは、まずないだろう。

それでも、念のために、日下、西本の二人の若い刑事に、張り込ませることにして、十津川たちは、引き揚げた。

3

事件は、夕刊にでかでかと載《の》った。

警察は、Fを容疑者と見ていると書かれてあったが、もちろん、まだ、深見という名前は載せていない。

深見の両親は、九州の熊本で、まだ、健在である。そちらにも、熊本県警に頼んで、調べて貰《もら》うことにした。

二日目になっても、これという収穫はなかった。

深見次郎の行方《ゆくえ》は、いぜんとしてわからず、熊本の両親のところにも、立ち寄った形跡はなかった。

もちろん、深見次郎以外の人間が犯人だという可能性もあるので、銀行周辺の聞き込みも、続けられた。

ボストンバッグを下げた中年の男が、あわてて、タクシーを拾って、走り去ったという目撃者も現われたり、東武線に乗るのを見たという証言もあったりしたが、いずれも、信《しん》憑《ぴょう》性の弱いものだった。

三日目の夜になって、青葉荘アパートを見張っていた日下刑事から、捜査本部の置かれた浅草署に連絡が入った。

「今、深見次郎が、アパートに帰って来ました」

「本当か？」

十津川は、意外な気がして、確かめた。

深見が犯人だとしたら、二度と、戻っては来ないだろうと、思っていたからである。舞い戻るメリットが、全くないように思えるからだった。

「間違いなく、深見です。今、二階の自分の部屋に入りました。どうしますか？」

「とりあえず、こちらへ連れて来てくれ。逃げるようだったら、手錠をかけても構《かま》わん」

と、いった。

亀井も、深見が戻ったと聞いて、信じられないという顔をした。

「わかりませんねえ。わざわざ、捕まりに戻ったようなものですからね」

「カメさんは、深見が、なぜ、戻って来たと思うかね？」

「そうですねえ。無実だから、平気で帰って来たのか、それとも、捕まらないだろうと、タカをくくっているのかのどちらかでしょうが、わかりません」

亀井は、肩をすくめた。

「いずれにしろ、深見に会えば、わかるだろう」

と、十津川は、いった。

一時間ほどして、深見次郎が、連れて来られた。

茶色のボストンバッグを下げ、赤と黒のチェックのコートを着ている。

深見は、十津川に向かって、小さく首を振った。

「何の真似《まね》だい？　これは」

「ちょっと君に、ききたいことがあって、来て貰ったんだ」

「いったい、何をききたいんだ？」

深見は、用心深い眼になって、十津川を見つめた。

「どこへ行ってたんだ？　この三日間」

「長野だよ。善光寺《ぜんこうじ》にも、お参りしてきた。それがいけないのかい？」

「君は、十月三十日の土曜日の朝、出かけているね？」

「ああ、そうだ」

「上野《うえの》から、まっすぐ、長野へ行ったのか」

「そうだよ」

「あの日、浅草へ行かなかったかね？」

「長野へ行こうとしているのに、浅草でおりたって、仕方がないじゃないか」

深見は、笑った。

「長野では、何という旅館に泊まったんだ？」

と、横から、亀井が、きいた。

「長野市内の大和《やまと》旅館だ。嘘《うそ》だと思うなら、問い合わせてくれてもいい。十月三十日から、今日まで、そこに泊まっていた。小ぢんまりした旅館だが、それだけ、サービスも濃《こま》やかでね。おれは、気に入ったよ」

「長野へは、上野から、列車かね？　それとも、車で行ったのかね？」

十津川が、きくと、深見は、ニヤッと笑った。

「おれが、免許証を持っていないのは、わかっているだろう。上野から、特急で、長野へ行ったんだ」

「何という列車だね？」

「午前一一時上野発の『あさま9号』だ」

「間違いないね？」

「ああ、間違いないとも」

深見は、大きな声を出した。

（本当だろうか？）

もし、それが事実なら、深見は、犯人ではあり得なくなる。

浅草雷門のM銀行が襲われたのは、同じ日の午前十一時二十分頃である。これは、銀行の支店長や、行員たちが証言しているから、間違いないだろう。一方、深見が事実をいっているとしたら、その時刻には、彼は、「あさま」の車中にいるのだから、銀行強盗は、不可能である。

念のために、十津川は、時刻表で「あさま」を、調べてみた。

Ｌ特急「あさま」は、一時間に一本の割合で、信越《しんえつ》本線を走っている。

「あさま9号」のダイヤは、次の通りである。

あさま9号（直江津行）

上野	発	11:00
大宮	発	11:26
高崎	発	12:18
横川	発	12:47
軽井沢	着	13:05
	発	13:08
小諸	発	13:28
上田	発	13:44
戸倉	発	13:57
長野	着	14:14
	発	14:17
直江津	着	15:32

Ｍ銀行浅草支店が、襲われたのは、十一時二十分頃だから、「あさま9号」は、丁度《ちょうど》、大宮《おおみや》の手前を走っている時刻である。深見が、その列車に乗っていたとすれば、それは、完全なアリバイ成立である。

「君が、この列車に乗っていたという証拠はあるのかね？」

十津川が、きくと、深見は、当惑した顔をして、

「証拠なんていわれても困るな。切符は、渡しちゃってるし、あとで、乗ったことを証明しなければならないなんて思わずに、乗っているからね」

十津川は、一応、長野の「大和旅館」に電話してみることにした。

向こうの電話口に出たのは、大和旅館の女将《おかみ》さんだった。

十津川の質問に対して、十月三十日には、深見次郎という客が泊まったといった。

「おいでになったのは、午後の五時頃でした。ええ、お一人で、いらっしゃいました」

「その男の人相をいってくれませんか?」

「眉毛《まゆげ》の太い、鼻の大きな方だったですわ。背の高さは、一七三センチぐらいでしょうか。赤と黒のチェックのコートを着て、ボストンバッグを下げていらっしゃいました」

「何日泊まったんですか?」

「二日お泊まりになって、今日、お帰りになりました。何か、こちらが、不都合なことでも致しましたでしょうか?」

「いや、そういうことじゃありません。ところで、彼は、前もって、予約してあったんですか?」

「ええ。二十九日にお電話を下さいました。何でも、時刻表で見たが、明日、あいているかというおたずねでしたわ。それで、何時頃おいでですかと、おききしましたら、三十日の午後、一人で行くからということでした」

「そちらに泊まってから、何かおかしい様子はありませんでしたか？」

「いいえ。別に」

「三十一日の日曜日は、彼は、どこにいましたか？」

「朝食をめしあがってから、戸隠《とがくし》高原に行かれたようですよ。どう行ったらいいか、お訊《たず》ねでしたから」

「彼のところへ、誰かが訪ねて来たというようなことは、ありませんでしたか？」

「いいえ。ありませんでしたわ」

「そうですか――」

十津川は、軽い失望を感じながら、電話を切った。

深見が、本当に、長野に行っていたことに失望したわけではなかった。

十津川が、考えたのは、奪われた一千万円の行方だった。

深見が犯人だとしたら、一千万円は、どこへ行ったのだろうか？

長野での二泊三日の間に、一千万円を使い切ったとは思えなかった。そんなことをすれば、目立って仕方がないからだ。

深見が、帰京して、アパートに戻ったところを、日下と西本の二人が、捕えて、連行したが、彼の持っていたボストンバッグの中に、一千万円はなかった。入っていたのは、カメラや、下着、洗面道具だけである。アパートの部屋にも、一千万円は、なかった。

そんなことを考えて、十津川は、深見が、長野で、誰かと待ち合わせて、一千万円を渡したのではないかと思ったのである。

だが、誰も、旅館には、訪ねて来なかったという。

(彼が、犯人だとすると、一千万円は、どこへかくしたのか?)

4

「三十日に、君が、長野へ行ったことだけは確認できたよ」

と、十津川は、深見にいった。

「当たり前だよ。おれは、あの日、長野へ行ったんだから」

「しかし、『あさま9号』に乗ったという証拠にはならん。この列車が、長野に着くのは、一四時一四分だ。それなのに、旅館に入ったのは、午後五時頃だったと、向こうではいっている」

「その間に、善光寺へ行ったんですよ。陽《ひ》が暮れてからだと嫌なんでね」

「それじゃあ、『あさま9号』に乗ったということにはならんな。いいかね。上野を一二時丁度に発車する『あさま13号』がある。これに乗っても、長野には、一五時一二分に着く。ゆっくり、午後五時には、旅館へ入れるんだ。上野発一二時なら、浅草のＭ銀行に、十一時二十分に強盗に入ってからでも、乗れるからな。浅草から上野まで、地下鉄で五分しかかからないからね」

「おれは、上野一一時丁度に発車した『あさま9号』に乗ったんだ」

「じゃあ、それを、証明して見せろ！」

横から、亀井が、怒鳴った。

深見は、じっと考え込んでいたが、

「おれが撮った写真を、現像してみてくれないか。長野でも撮ったが、上野から乗った『あさま9号』の写真を、何枚か撮っているんだ。それを見てくれたら、何とか、わかるかも知れないよ」

十津川はすぐ、深見のカメラに入っていた三十六枚撮りのフィルムを、現像し、引き伸ばしてみた。

写してあったのは、そのうちの二十五枚である。

確かに、長野での写真が多い。善光寺や、戸隠高原の景色である。

しかし、七枚は、L特急「あさま」を写してあった。

「これを見てくれよ」

と、深見は、上野駅のホームで、写した写真を、十津川に示した。

「あさま」というヘッドマークのついた先頭車の前に、深見が立っている。

「丁度、駅員が来たんで、写して貰ったんだ。右隅のところに、ホームの時計が写っているだろう。ちゃんと、午前十時五十七分を指している。だから、この『あさま』は、一一時発の『あさま9号』なんだよ」

「わかるよ。別に、この写真に写っているのが、『あさま9号』じゃないといっていない」

「それなら、おれのアリバイは、成立したじゃないか。おれは、この『あさま9号』で、長野へ行ったんだ。M銀行浅草支店で強盗があった時には、おれは、『あさま9号』に乗って、大宮の近くを走っていたんだ」

「簡単には、そういい切れんな」

「なぜなんだ？」

「上野と浅草の間は、地下鉄で、五分しかかからないんだよ。切符を買ったり、階段をあがったりする時間を入れても、十分あれば大丈夫だ。四谷三丁目のアパートを出た君は、まず、上野駅に行った。そこで、『あさま9号』の前で、駅員に写真を撮って貰う。君のいう通り、それが、午前十時五十七分だ。そのあと、また、地下鉄に乗って、浅草に出て、Ｍ銀行を襲う。時間的に、ゆっくり間に合うじゃないか。まんまと、一千万円を手に入れたあと、君は、再び、上野駅に出て『あさま13号』に乗ったんだ」

十津川がいうと、深見は、大きく肩をすくめて、

「刑事って奴は、どこまで疑《うたぐ》り深いんだ！」

「世の中には、悪党が多いからな。とにかく、こんな写真じゃ、アリバイにはならんよ」

「でも、おれは、三十日に、上野から『あさま9号』に乗って、長野へ行ったんだ」

「証明できなければ、どうにもならんな」

「待ってくれ。この写真が、証明してくれるかも知れない」

深見は、もう一枚の写真を、十津川と亀井に、指さした。

「これは、横川《よこかわ》の駅で撮ったんだ。駅弁の釜めしで有名な横川駅だよ。横川と、次の軽井《かるい》沢《ざわ》の間に、碓氷《うすい》峠があって、すごい急坂を登らなければならないんだ。それで、横川で、電気機関車を二両連結して、その後押しで登って行く。この写真は、横川で、後押し用の電気機関車の連結作業をしているところを撮ったんだ。面白かったからね」

写真には、「あさま」の先頭部分と、電気機関車が、四メートルほど離れて、写っている。作業服姿の男が二人、電気機関車の連結器を調整している。

深見は、そんな作業風景をバックに、ホームに立っているところが、写っていた。

「ホームにいた女の子に、撮って貰ったんだ。この右側に頭の部分だけ写っているのは、『あさま9号』だよ。これで、おれが、『あさま9号』に乗って、横川まで行ったことは証明されたろう？　『あさま9号』の横川着は、一二時四三分だから、銀行強盗は、とうてい、おれには、出来ないんだ」

深見が、勝ち誇ったようにいった。

十津川は、じっと、写真を見ていたが、

「駄目だな」

「どこが、駄目なんだ？」

「確かに、ここに写っているのは、L特急の『あさま』だろう。それに、これは、横川駅での作業だろう。しかし、横川と軽井沢の間は、全《すべ》ての列車が、電気機関車を連結して、登って行くんだ。だから、この写真の『あさま』が、9号とは限らない。13号かも知れないし、15号かもしれない。この右側に写っているのが、『あさま9号』だという証拠は、どこにもないじゃないか」

「畜生！」

と、深見は、舌打ちして、じっと、写真を見ていたが、急に、「そうだ！」と、大きな声を出した。

「この電気機関車に、ナンバーがついているのが見えるだろう。ＥＦ６３２１だ。横川駅に電話して十月三十日に、このＥＦ６３２１号車が、『あさま9号』の後押しをして、軽井沢まで行ったかどうか、聞いてみてくれ。そうすれば、おれのいってることが本当だと、わかる筈だ。頼むよ」

5

十津川と、亀井は、一応、深見を留置して、横川駅に、問い合わせてみることにした。

「往生際《おうじようぎわ》の悪い男ですね」

亀井が舌打ちした。

「深見だって、必死なのさ。前科があるからね」

十津川は、笑いながら、受話器を取った。

問題の写真を前において、横川の駅に電話をかけた。

十津川は、横川の駅におりたことはない。

ただ、有名な駅弁の釜めしを買ったことはあった。

碓氷峠を越えるために、横川で、電気機関車二両を連結する、その作業のために、この小さな駅に、四分間停車するので、釜めしが買えるのだ。

山田《やまだ》という助役が、出てくれた。

「碓氷峠越えのために、横川で連結する電気機関車のことで、お聞きしたいんです」

と、十津川は、切り出した。

「どういうことでしょうか？」

山田助役の声が、緊張しているのは、こちらが、捜査一課といったからだろう。

「EF63型という電気機関車が、使われているわけですね？」

「そうです。このEF63型というのは、横川―軽井沢間のためにだけ開発された機関車で、横川駅に、二十五両が待機しています」

「そんなに沢山《たくさん》ですか」

十津川が、驚くと、山田助役は、笑って、

「碓氷峠越えをする全ての列車に、重連で、連結しなければなりませんからね。二十五両でも、少ないくらいですよ」

「その電気機関車には、ナンバーがついていますね？」

「ええ」

「十月三十日の下りの『あさま9号』を、後押しした機関車のナンバーを調べてくれませんか」

「ちょっと待って下さい。今、運転日誌を調べますから」

電話の向こうで、山田が、何かいっているのが聞こえ、二、三分して、

「ええと、十月三十日の『あさま9号』は、ＥＦ６３２１と、ＥＦ６３０８の二両で、後押ししていますね」

「それ、間違いありませんか？」

「ええ。この日は、ＥＦ６３２１と、ＥＦ６３０８が、セットで、作業しています。この重連が、『あさま9号』を、後押ししていますね」

「このＥＦ６３２１ですが、『あさま9号』以外の列車の後押しもしたんじゃありませんか？　例えば、『あさま13号』なんかもです」

「ちょっと待って下さいよ。ＥＦ６３２１とＥＦ６３０８のコンビが、下りで、碓氷峠越えを助けた列車は、午前中二本、午後二本です。それをいいます」

「ゆっくりいって下さい。メモしますから」

十津川は、ボールペンを手にとった。

山田助役が、あげてくれた列車は、次の四本だった。

あさま3号（上野→長野）
白山《はくさん》1号（上野→金沢《かなざわ》）
あさま9号（上野→直江津《なおえつ》）
白山3号（上野→金沢）

いずれも、L特急である。


「これだけですか？」

「そうです」

『あさま11号』『13号』『15号』は、後押ししなかったんですか？」

「していません」

「どうも、お手数をおかけしました」

十津川は、礼をいって、電話を切ったが、その顔には、明らかに、戸惑《とまど》いの色があった。

深見は、午前一一時上野発の「あさま9号」で長野へ行ったというが、彼が、犯人なら、絶対に、あり得ないことである。

もっと後の「あさま」で、長野へ行ったに違いない。「あさま９号」の三十分後に、「あさま11号」が上野を出るが、浅草で、銀行強盗を働いてから、上野へ行くまで、十分間の余裕しかなかった。時間的に、ぎりぎりだから、一二時〇〇分と、一三時〇〇分に、上野を出る「あさま13号」か「あさま15号」を使ったと、十津川は、考えた。

しかし、横川での写真では、「あさま９号」になってしまう。

「参ったね」

と、十津川は、亀井に向かって、溜息《ためいき》をついた。

「十月三十日ではなくて、前日か、前々日にでも、撮っておいたものじゃありませんか？」

亀井が、疑問を投げかけた。

「それは、違うよ。深見は、刑務所を出たばかりで、横川駅の駅員に、知り合いがいたとも思えない。前もって、この写真をとることは出来るが、十月三十日の『あさま９号』を後押しする電気機関車が、ＥＦ６３２１かどうかわからないんじゃないか？　二十五両もあるというんだから」

「そうですね」

亀井も、当惑した顔になった。

「すると、この写真がある限り、深見は、無罪ということになってしまうわけですか？」

「そうだ。『あさま9号』が、横川駅に停車している時、深見は、その傍《そば》にいたわけだからね」

「畜生。彼がシロの筈がありませんよ」

「私も、そう思うが、この写真は、絶対だよ」

「写真一枚で、奴が、シロになるのは、残念ですねえ」

亀井は、その写真を手に取って、じっと、見ていたが、

「警部。ここに写っている列車は、本当に、『あさま9号』でしょうか？」

「違うと思うのか？」

「だいだい色の車体に、赤い線が入っていますから、確かに、特急用の電車だと思います。しかし、斜めうしろの方から撮っているから、『あさま』のヘッドマークは見えません。だから、これは、『あさま』じゃなくて、同じL特急の『白山』かも知れないじゃありませんか。もっといえば、『白山3号』かも知れません。『白山3号』なら、十月三十日にEF6321が、後押しして、碓氷峠を越えたわけで、ぴったり符号しますよ」

「カメさんのいう通りだ」

十津川は、時刻表を見た。

白山３号(金沢行)

上　野	発	14:00
大　宮	発	14:26
高　崎	発	15:18
横　川	発	15:46
軽井沢	着	16:04
	発	16:07
長　野	着	17:09
		↓
金　沢	着	20:46

「長野着が、午後五時を過ぎてしまうな。大和旅館では、五時に、深見が来たといっていたが」

「過ぎるといっても、たったの九分です。大和旅館にしても、五時きっかりに、深見が来たとはいっていないんでしょう？　五時十五、六分に来たのかも知れませんよ」

「それは、あるね。善光寺の写真は、翌日、撮ればいいんだからな」

「そうです」

「問題は、『あさま』と、『白山』が、同じ車両を使っているかどうかだね」

時刻表に載っている列車編成図によれば、「あさま」は、十二両編成で、グリーン車二両がついているが、食堂車はない。「白山」の方は、同じ十二両編成で、グリーン車は一両だけで、その代わりに、食堂車がついている。

しかし、時刻表の列車編成図には、車両形式は、書いてない。

それに、深見の撮った写真に写っているのは、列車全体ではなくて、運転台のある先頭車(或るいは、最後尾の車両)だけである。

十津川と、亀井は、国鉄の車両の写真が載っている本や雑誌を買い集めてきた。

それで調べた結果、「あさま」に使われているのは、189系とよばれる特急用車両であり、「白山」の方は、489系特急用車両とわかった。

189系は、非貫通式の一種類しかないが、489系は、ボンネット式、貫通式、非貫通式の三種類がある。

現在、「白山」に使われているのは、一番新しい非貫通式の489系車両である。

十津川と、亀井は、この二つの車両の写真を比べてみた。

「そっくりじゃありませんか」

亀井は、嬉《うれ》しそうにいった。

「確かに、よく似ている」

「角張った前面といい、だいだい色の車体に赤い横の線が入っているところといい、全く同じですよ。だから、深見の写真に写っているのは、『あさま9号』じゃなくて、『白山3号』なんです。深見は、浅草のＭ銀行を襲ったあと、上野へ逃げ、一四時丁度に発車する『白山3号』で、長野へ向かったんです。それで、奴のアリバイが崩れたじゃありませんか」

これで決まったといいたげに、亀井が、ニッコリした。

だが、十津川は、難しい顔で、

「カメさん。確かに189系と489系は、そっくりだが、よく見ると、違っているところもあるよ」

「そうですか？」

「一番違うところは、運転台の屋根のところだ。189系は、何もつけていないが、489系は、前照灯がついている。ところで、深見の写真だが、運転台の屋根に、前照灯はついていないんだ。ということは、189系の電車だということになる。残念ながら、ここに写っているのは、『白山3号』ではなく、『あさま9号』なんだ。彼のアリバイは、これで成立だよ」

6

深見は、「あさま9号」に乗っていたことになった。

少なくとも、横川で、碓氷峠越えのために、EF63型電気機関車を連結する作業をしている時、深見は、「あさま9号」の傍にいたのだ。

この連結作業のため、列車は、横川に四分間停車する。

「あさま9号」は、一二時四三分から、四分間、横川に停車し、一二時四七分に発車している。

この時刻に、横川にいた深見が、十一時二十分に、浅草のM銀行を襲えたかということになってくる。

上野から、「あさま9号」に乗れないことは、はっきりしている。一一時〇〇分発だからである。

「途中から、『あさま9号』に乗ったに違いありません」

と、亀井は、いった。

深見が犯人だとすると、そう考えるより仕方がないのだ。

午前十一時二十分に、浅草にいた人間が、横川までの間に、「あさま9号」に追いつけるだろうか？

まず、車を利用してということが考えられる。

「あさま9号」のスピードは、平均時速六十七・九キロである。

しかも、犯人が、浅草のＭ銀行に押し入る二十分前に、「あさま9号」は、上野を発車している。

上野から、横川まで、百三十一・一キロである。「あさま9号」は、一時間四十三分で走っている。

犯人が、横川で、追い付くためには、この距離を、一時間二十分程で走らなければならない。とすると、時速九十六キロで突っ走らなければならないのだ。

深見は、運転免許も持っていないし、出所後、車を買った形跡もない。

タクシーに乗ったとすると、時速九十六キロで、走らせるのは、まず無理だろう。

車で追ったという線は、まず消えた。

新幹線は、まだ開業していない。

「これで、お手上げだねえ」

十津川は、時刻表を、机の上に投げ出して、両手をあげて見せた。

「しかし、深見以外に、犯人がいるとは思えませんが――」

亀井は、口惜《くや》しそうにいった。

「私も、そう思うが、確かなアリバイがある以上、手も、足も出ないよ」

「じゃ、釈放ですか？」

「仕方がないね。この写真一枚で、彼を起訴しても、勝ち目はないよ」

十津川は、苦《にが》い笑い方をして、深見に、帰って貰うことにした。

だが、日下と西本の二人には、しばらくの間、深見を、監視させることにした。どうしても、彼以外に、犯人は、考えられなかったからである。

銀行の監視カメラがとらえた犯人は、どう見ても、深見なのだ。

アリバイは、破れないが、一千万円の線から、深見は、ボロを出すかも知れない。二人の刑事をつけた狙《ねら》いは、その点もあった。

釈放された深見は、自分のアパートに戻ったが、なかなか、動き出さなかった。

一千万円が、アパートの部屋にないことは、はっきりしている。とすれば、誰かに預けたか、或るいは、どこかにかくした筈である。

しかし、いっこうに、一千万円を取りに行く気配は見せなかった。パチンコに出かけるか、喫茶店で、ゆっくり、コーヒーを飲んだりしているだけである。

三日、四日とたったが、深見は、動こうとしない。

マスコミは、警察が、銀行強盗事件を解決できずにいることを、叩《たた》き始めた。

「カメさん。一緒に、旅行してみないかね」

十津川が、突然、いい出したのは、そんな時である。

亀井は、微笑した。

「上野から、『あさま9号』に乗ってですか？」

「ああ。長野の善光寺へお参りしたら、何かいい知恵がさずかるんじゃないかと思ってね」

二人は、浅草署から地下鉄で、上野に出た。

十月三十日、事件が発生してから丁度一週間たっていて、今日も、土曜日である。

午前一一時〇〇分に、十津川と亀井を乗せた「あさま9号」は、長野に向かって、出発した。

車内は、八十パーセントぐらいの乗車率である。食堂車はついていないが、その代わり、車内販売が、よく廻ってくる。

二人は、高崎《たかさき》近くで、コーヒーを買った。

そのコーヒーを飲んでいるうちに、「あさま9号」は、問題の横川駅に着いた。

ここで、四分間停車である。

乗客は、名物の釜めしを買うために、ホームに降りて行く。

売り子が、釜めしを売っている。飛ぶような売れ行きである。

十津川と亀井は、ホームに降りた。

二人は、最後尾の車両に向かって、ホームを歩いて行った。

重連の電気機関車を、最後尾に連結するための作業が、もう始まっていた。

深見が撮った写真と同じである。

二人の作業員が、連結のための準備をしている。

それが、面白いのか、五、六人の少年たちが、ぱちぱちと、カメラのシャッターを切っていた。深見のように、機関車の横に立って、友だちに写して貰っている少年もいる。

今日、「あさま9号」に連結される機関車は、ＥＦ６３１４のナンバーで、６３２１ではなかった。

二両の電気機関車は、「あさま9号」の最後尾に連結された。

間もなく、発車するだろう。

「われわれも、乗って行こう」

と、十津川はいい、急いで、列車に乗り込んだ。

横川から、次の軽井沢駅までは、わずか、十一・二キロだが、碓氷峠を越えるために、千分の六十六という急勾配《こうばい》を登らなければならない。高低差は、九百四十メートルである。

昔、この区間には、アプト式ラックレール（歯軌条）が敷かれていた。歯型の切り込みのあるレールで、これに、機関車の歯車を噛《か》み合わせて登っていく方式である。

急勾配でも、安全に登れたが、この方式では、時速十八キロが、せいぜいである。

昭和三十八年五月に、新しい線路が完成した。ＥＦ63型と呼ばれる横川―軽井沢間だけの専用機関車が配属され、この機関車に後押しされて、急勾配を登るようになった。

このため、この区間の時速は、三十キロまで出るようになったといわれている。

二重連の電気機関車のエンジンが、低く唸り声をあげて、「あさま9号」は、走り始めた。

窓から見ると、前方に、この列車の名前のもとになった浅間山が、女性的な姿を見せている。

登りが急になるにつれて、トンネルが多くなってくる。上りと下りは、別のトンネルである。

全部で、十以上のトンネルをくぐり抜けて、やっと、線路は、平坦になった。山を登り切ったという感じがしたと思ったら、軽井沢の駅であった。

ここで、連結してきたEF63型機関車を切り放し、身軽になって、長野に向かうわけである。

切り放し作業のために、軽井沢で、「あさま9号」は、三分間停車する。

十津川たちは、長野までの切符を買ってあったが、発車間際《まぎわ》になって、十津川が、急に、

「降りよう」

と、いった。

「長野まで行かれるんじゃないんですか？」

亀井が、びっくりして、きく。

だが、十津川は、どんどん、通路を歩き出していた。亀井も、あわてて、そのあとに続いた。

二人が、ホームに飛び降りてすぐ、ドアが閉まって、重連の電気機関車を切り放した「あさま9号」は、発車して行った。

三分間停車だったので、軽井沢で降りる乗客は、もうホームから消えてしまっている。

ホームには、十津川と亀井の二人だけが、取り残されてしまった。

「どうして、急に、軽井沢で降りられたんですか？」

亀井が、不審そうにきいた。

十津川は、「まあ、座ろうじゃないか」と、ホームのベンチに腰を下ろしてから、

「時刻表を見ていて、気がついたんだ。急勾配を登ってきた列車は、ここに、三分間停車する。電気機関車を切り放すためだ。普通なら、一分停車だろうからね」

「そうですね」

「ところで、長野方面からやってくる上り列車だがね、時刻表を見ると、軽井沢で、六分停車しているんだよ。例えば、『あさま10号』は、一三時一九分に、軽井沢に着くが、上野に向かって、出発するのは、一三時二五分でその間、六分間あるんだ。『あさま10号』だけじゃない。一二時一九分に着く『白山2号』も、発車は、一二時二五分で、六分停車することになっている。なぜ、六分間も停車しているのか考えたんだが、理由は、一つしか考えられない。それは、軽井沢で、上りの列車にも、ＥＦ63型機関車を連結させているからじゃないのかということだ。そのために、六分間の停車が必要なんだ」

「しかし、警部、下りの列車は、横川から、軽井沢に向かって、急勾配を登るんですから、電気機関車二両を連結して、後押しする必要がありますが、上り列車は、逆に、坂を下って行くわけですよ。なぜ、後押し用の機関車を、連結しなければいけないんです

か？」

「理屈としては、そうだが、上り列車は、何もないのなら、六分間の停車時間というのは奇妙だよ」

十津川は、亀井と一緒に、その理由を聞きに、駅舎を訪ねた。

会ってくれたのは、青木《あおき》という駅長だった。

「そのことですか」

と、青木は、笑って、

「警部さんのいわれる通り、上りの列車にも、EF63型電気機関車を二両、連結して、横川に向かいます。六分間というのは、そのための停車時間ということになります」

「しかし、坂を下るのに、なぜ、後押しが必要なんですか？」

亀井が、首をかしげてきくと、青木は、手を振って、

「後押しのためじゃありません。勾配が、急すぎるので、上り列車の前に、EF63型を二両連結して、ブレーキを利《き》かせて、ゆっくり、走って行くわけです。碓氷峠の急勾配では、登りよりも、むしろ、下りの方が、困難でしてね。そのために、あのEF63型電気機関車には、ブレーキ制動が、いくつも備えてあります。名前だけをあげますと、発電ブレーキ、電磁吸着ブレーキ、空気ブレーキ、手動ブレーキなどです。その他に、転動防止装

置とか、過速度探知装置といった危険防止のための設備を持っています。一つずつ、詳《くわ》しく、説明しますか？」

青木駅長が、親切にいってくれた。

十津川は、笑って、手を振った。

「だいたいの意味がわかりましたから結構です。上りの列車が、碓氷峠を下るときには、列車の前部に、登りと同じように、二重連の機関車を連結することがわかれば、それでいいんです」

「それが、事件に関係あるというのが、よくわかりませんが」

駅長は、変な顔をした。

「いや、この信越本線で事件があったわけじゃないのです。東京で強盗事件が起きまして、その容疑者のアリバイが、ここを走る列車に関係しているんですよ。詳しくお話ししないと、よくわからないと思いますが」

「何となくわかりますよ」

と、駅長は、さっきの十津川のようなことを、いった。

「問題は、横川から、この軽井沢へ、列車を押して来た二両の電気機関車です。ＥＦ63型の基地は、下の横川でしたね？」

十津川がきいた。

「そうです。横川に基地があって、そこに、二十五両のEF63型が待機しているわけです」

「すると、横川で、下りの列車の後尾に連結して、ここまで後押しして来た重連の電気機関車は、この軽井沢には基地がないから、そのまま、次に来る上りの列車に連結して、今度は、横川まで下りて行くことになりますな？」

「そうですね。今、丁度上りの列車が着いたので、これから、EF63型を、前部に連結する作業が行なわれます」

青木駅長は、窓の外を指さした。

丁度、上りの「あさま10号」が、ホームに入って来た。

一三時一九分軽井沢着である。ここに、六分間停車する。

十津川と亀井が、ホームに出てみると、さっき、「あさま9号」を後押しして来た重連のEF63型電気機関車を、「あさま10号」の前部に連結する作業が始まった。

横川から軽井沢まで、十二両連結の「あさま9号」を後押しして登って来たEF63型が、今度は、ブレーキ役をして、横川まで、急勾配を、下りて行くのである。

十津川たちが、じっと、その作業を見守っていると、青木駅長が、駅舎から出て来た。

「このＥＦ63型は、どんな形の電車とも連結できるようになっています。この碓氷峠では、普通も、急行も、特急も、ＥＦ63型の厄介《やっかい》になりますからね」

と、駅長が、横からいった。

「なるほど、それだけ、いろいろな機構を持った機関車ということですね」

亀井が、感心したようにいった。が、十津川は、駅長の説明が聞こえなかったみたいに、じっと、連結作業を見つめていた。

連結作業が、終わった。

一三時二五分になって、発車を知らせるベルが鳴った時、急に、十津川が、

「乗ろう」

と、いった。

二人は、急いで、上りの「あさま10号」に飛び乗った。

「長野へは、行かれないんですか？」

走り出した列車の中で、亀井が、きいた。

「あとで、行くことになるかも知れないが、今は、深見のアリバイ・トリックを破りたいんだよ。どんなトリックかはわかった。その確認をしたいんだ」

十津川が、微笑して見せた。

「本当にわかったんですか？」

「今、その証明をするよ」

7

二人は、空《あ》いている座席に腰を下ろした。

二両のＥＦ63型電気機関車にガードされた「あさま10号」は、ブレーキをかけながら、碓氷峠を下りて行く。

「深見は、前に、信越本線で、長野方面に行ったことがあるんだと思う。出所して来てから、銀行強盗を思い立ち、そのアリバイに利用することを考えたんだ。もちろん、二、三日前に、一度、実際に乗ってみたろうがね」

十津川は、窓の外の景色に眼をやりながら、亀井にいった。

列車は、いくつかのトンネルをくぐりながら、碓氷峠の急勾配を下りて行く。

「そのトリックというのは、横川と軽井沢間に使用されているＥＦ63型電気機関車を利用するということですね？」

亀井が、確認するようにきいた。

「そうだ。それに、Ｌ特急『あさま』の列車編成だよ。１８９系の電車が使われている『あさま』は、前後に、運転台のついているクハ１８９という車両がつく。つまり、前も後も、形が同じということで、それも、深見は利用したんだ。『あさま』全体を見ると、パンタグラフのある車両が、２号車、４号車、８号車、10号車で、前後が、全く対称的でないが、先頭の車両、それも、半分だけを写したときには、それが、１号車か、12号車かわからない。それを、深見は、利用したのさ」

十津川は、喋りながら、警察手帳を出し、そこに、Ｌ特急「あさま」の編成図を書いて見せた。

「まだよく、呑み込めませんが――」

亀井が、すまなそうにいった。

「わかりやすいように、横川に待機している二重連のＥＦ63型を、６３０１と、６３０２の二両とする。この二重連が、まず、下り列車の最後尾に連結されて、碓氷峠を登って、軽井沢へ行き、そこで、解放される」

十津川は、その図を書いた。

「軽井沢で、用をすませた６３０１と６３０２は、今度は、上り列車の最前部に連結されて、横川へ下ってくる」

「ここで、注目したいのは、全体の列車の形が、全く同じだということだ。停まっていたら、それが、上りの列車か、下りの列車か、わからないところに、深見は、眼をつけたんだよ。それから、ＥＦ63型の基地が、横川にあることも、深見のつけ眼だった。下りの列車を押して行ったＥＦ63型は、軽井沢で待っていて、次に来る上り列車の最前部に連結して、また、横川へ戻って来ることになるからだ」

「少しずつ、わかって来ました」

と、亀井がいう。

十津川は、微笑した。

「次に、時刻表を見てみよう。問題の『あさま9号』が、軽井沢に着くのが、一三時〇五分。『あさま9号』を押して来たＥＦ63型を、６３０１と６３０２とすると、この二両の電気機関車は、一三時〇五分から、『あさま9号』が軽井沢から発車する一三時〇八分の間に、解放されるわけだ。解放された６３０１と６３０２は、軽井沢に待機していて、次に到着する上り列車に連結され、横川に戻って行くことになる。時刻表によれば、次に来る上り列車は、一三時一九分軽井沢着の『あさま10号』だ。その前に着く『白山２号』は一二時一九分着だから、６３０１と６３０２は、間に合わない。ここが大事なところだよ。『あさま9号』を後押しして行った６３０１と６３０２は、同じ１８９系の『あさま10号』を引っ張って、横川に戻ってくるということだよ。写真に撮ったとき、『あさま9号』も『あさま10号』も、同じに見えるんだ」

「つまり、逆にいえば、『あさま10号』を引っ張って、というより、ガードして、横川に来た６３０１と６３０２は、『あさま9号』を押して行ったＥＦ63型電気機関車だということになるわけですね」

「そうなんだ。カメさん。深見は、そのことを利用して、アリバイを作ったんだよ。深見が、事件の日にやったことは、こういうことだと思う。彼は、『あさま9号』に上野から乗って、長野へ行ったというが、これは嘘だ。午前一一時丁度に出る『あさま9号』に乗ったのでは、十一時二十分に、浅草の銀行を襲えない。だから、深見は、朝、四谷三丁目のアパートを出ると、まず、上野へ行き、『あさま9号』の前で、写真を撮った。これが十時五十七分だろう。それから、地下鉄で、浅草へ向かった。十分もあれば着く。十一時二十分に、浅草のM銀行に押し入り、一千万円を強奪した。鮮やかな手口だったから、五、六分ですんだと思う。路地に、変装用のマスクと、改造拳銃を捨ててから、地下鉄で、再び、上野へ向かった。上野に着いたのは、十一時五十分頃じゃないかと思う。もちろん、『あさま9号』は、とっくに発車してしまっている。深見は、一二時〇〇分上野発の『あさま13号』に乗った。これより遅い電車では、いけないんだ。この『あさま13号』は、横川に、一三時四二分に着く。この時刻が大事なんだ。一方『あさま10号』が、軽井沢から下りて来て、横川に着くのは、一三時四七分で、共に、四分間停車する」

十津川は、二つの時刻を、手帳に並べて書いた。

一三時四二分「あさま13号」横川着

一三時四七分「あさま10号」〃

『カメさん。下りの『あさま13号』の方が、先に着くところがミソなんだ。あの日、『あさま13号』に乗った深見は、列車が、横川に着くと、カメラを持って降りた。五分後に、ＥＦ63型にガードされて、『あさま10号』が、到着し、解放する作業が始まる。深見は、自分を入れて、その写真を、ホームにいた人に頼んで、撮って貰ったんだ。あの写真は、ＥＦ63型を、これから連結しようとしているところではなくて、解放したところの写真なんだ。深見は、電気機関車のナンバープレートを入れるようにして、写真を撮ればよかったんだ。あの日、その電気機関車のナンバーは６３２１だったが、他のナンバーでもいいんだ。とにかく、上りの『あさま10号』をガードして、横川に着いたＥＦ63型電気機関車は、その日の下りの『あさま9号』を、後押しして行ったＥＦ63型と、同じ車両なんだ。深見は、その写真を、『あさま9号』に乗って行って、横川で、ＥＦ63型に連結したときに撮ったといった。われわれは、横川に問い合わせた。『十月三十日に、『あさま9号』に連結して、碓氷峠を越えたＥＦ63型電気機関車のナンバーを教えてくれ』とね。当然、写真に写っていたと同じナンバーが、回答されてくる。それで、深見のアリバイは、確立してしまったんだよ。あのとき、『そのＥＦ63型は、上りの列車にも、連結されるんですか？』と聞けば、よかったんだが、それを忘れてしまった」

やがて、二人を乗せた「あさま10号」は、碓氷峠の急勾配を下りて、横川駅に到着した。

一三時四七分である。下りホームに入っていた「あさま13号」が、EF63型の重連に後押しされて、出発して行った。

ホームに降りた十津川と亀井は、先頭車両の方へ歩いて行った。

ここまで、ガードして来たEF63型電気機関車の解放作業が、始められていた。

カメラを持った少年たちが、列車から降りて来て、それを写真に撮っている。十月三十日に、深見も、同じようにしたのだ。強盗事件のアリバイを作るために。

8

これで、深見のアリバイは、崩れた。

あとは、一千万円の行方である。

「長野へ行ってみよう」

と、十津川は、亀井に言った。

深見は、「あさま10号」に到着した「あさま10号」のＥＦ63型電気機関車の解放作業を写真に撮った。

その間に、「あさま13号」は、発車してしまった筈である。とすれば、深見は、次の列車で、長野へ向かったことになる。

十津川と亀井も、その通りにすることにした。

一四時四二分。「あさま15号」が、横川に到着した。上野一三時〇〇分発、長野行きである。

十津川と亀井は、列車に乗った。四分後に発車した「あさま15号」は、同じように、ＥＦ63型電気機関車の重連に後押しされて、碓氷峠を登って行く。

「警部は、深見がどこへ一千万円をかくしたと思われますか？」

亀井が、アリバイ・トリックが解明できたことで、ほっとしながら、十津川にきいた。

「いくつか考えられるね。まず、深見の単独犯で、かくした場所と、共犯がいて、それに渡してしまったということだ」

「共犯がいたとすると、女かも知れませんね」

「そうだな。もう一つは、浅草で一千万円を強奪してから、上野までの間に、かくしてしまったのか、それとも、長野でかくしたのか、或るいは、列車の中で、共犯者に渡したのかということだ」

「上野駅のコインロッカーにかくしたということは、考えられませんか？　列車に乗る前にです」

亀井がいうと、十津川は、首を振った。

「それはないね。駅のコインロッカーは、三日間たつと、あけられてしまうからだ。彼は、三日間、長野にいた。コインロッカーは、使えないよ。もし、使ったとしたら、二日で帰京している筈だ」

「すると、長野でしょうか？」

「まあ、行けば、何かわかるだろう」

十津川は、呑気《のんき》にいった。アリバイが崩れた以上、深見が犯人であることは確定したから、あわてることはないのだ。

長野着は、一六時一二分だった。

まだ、周囲は、明るい。この明るさなら、善光寺へ行って、写真が撮れる。

深見も、恐らく、善光寺へ行ったのだろうと、十津川は、思った。

長野駅前から、善光寺へ行くバスが、頻繁《ひんぱん》に出ているし、歩いても、行ける距離である。

善光寺へ行って写真を撮ってからでも、五時までに、大和旅館に着けるだろう。

駅前から、善光寺に向かって、まっすぐ伸びる大通りの両側には、民芸品を売っている店が多い。

その大通りに、善光寺に向かって五、六分歩き、左に折れたところに、大和旅館があった。

十津川たちは、旅館の女将に、警察手帳を見せ、電話で問い合わせたときのお礼をいった。

亀井が、ポケットから、深見の顔写真を出して見せて、

「確認しますが、十月三十日に、泊まりに来た男は、この写真の男ですか？」

と、きいた。

四十歳くらいに見える女将さんは、写真を、じっと見てから、

「この方ですわ。間違いありません」

と、いった。

宿帳にも、深見の名前が書いてあった。住所も、四谷三丁目のアパートになっている。

「二日泊まって、三日目に帰ったんですね？」

今度は、十津川が、きいた。

「はい」

「その間、訪ねて来た人も、電話をかけて来た人もいない？」

「ええ、どちらも、ありませんわ」

「しかし、東京に一度、電話をかけたんですね」

「はい」

「ここへ来た日ですか？　十月三十日ですか？」

「いいえ、それは、確か十一月一日でしたが」

「じゃあ、旅館を出る日ですか？」

「ええ。そうですわ。お帰りになる日の午前中でした」

「十月三十一日は、戸隠高原へ行っていたんですね？」

「朝、戸隠へ行く道をおききになりましたから、お行きになったと思いますけど」

恐らく、十月三十一日に、深見は、戸隠高原へ行って、写真を撮って来たのだろう。

十津川と亀井は、まだ、東京へ帰る列車は、何本もあったが、この大和旅館に泊まることにした。それをいい出したのは、十津川である。

夕食をすませたあと、二人は、地下の大浴場に入った。他にも、何人か入っていたが、すぐ、出て行き、十津川たちの貸切りみたいになった。

「どうも、中年太りになってきました」

亀井が、照れ臭そうにいった。

「私もさ」

と、十津川も、笑った。

犯人を追って、毎日のように駆けずり廻るので、普通のサラリーマンほど、運動不足ではない筈だが、それでも、二人とも、最近、お腹が少し出て来ている。

湯舟に、肩までつかりながら、亀井が、

「明日は、戸隠高原ですか？」

と、十津川に、きいた。

「いや」

十津川は、首を振った。

「深見の行ったところを、廻ってみないんですか？」

「最初は、そのつもりだったが、意味がないように思えて来たんだよ。問題は、一千万円の行方だ。戸隠高原のどこかへかくしたとは考えられない。山の中へでも埋めたのでは、本人が、東京へ帰ってから、不安で仕方がないだろう。誰かに、掘り出されやしないかと思ってね。戸隠高原へ行ったのは、長野へ来たことの理由づけだと思う」

「すると、やはり、誰かに預けたということでしょうか？」

「それ以外に考えられないよ。相手は、多分、女だろう。男の共犯者がいたとしたら、銀行強盗のどこかに顔を見せていなければおかしいからだ。銀行の外で、車で待っているとかね。しかし、今度の事件で、そんな共犯者の存在は、匂って来ない。となれば、深見に女がいて、彼は、奪った一千万円を、彼女に預けたとみた方がいいだろうと思う」

「しかし、どこの、どんな女かもわかりませんよ。四谷三丁目の深見のアパートにも、女の名前や、写真や、手紙なんかは、一つも見つかっていませんから」

亀井は、当惑した顔で、いった。

「そろそろ、出ようじゃないか。あんまり、入っていると、のぼせてしまう」

十津川は、湯舟から出た。

二階の部屋に戻り、窓を開けると、ひんやりした秋風が、吹き込んできた。

「さっきの推理を続けてみよう」

と、十津川は、いった。

「問題は、深見に女がいたとして、彼女に、どこで会い、いつ、一千万円を預けたかということになりますね」

亀井は、お茶をいれながら、十津川にいった。

「その答は、深見が、十一月一日に、東京に電話したところにあるような気がするんだがね」

「しかし、警部、東京にかけたことはわかっていますが、相手のナンバーも、名前もわかっていません」

「そうだ」

「じゃあ、どうやって、相手を見つけ出しますか？」

「深見は、十月三十日に、この旅館へ着いているが、その日も、次の日も、電話をかけていない。彼としては、一刻も早く、連絡をとりたかった筈なのにだよ。彼には、前科があって、疑われ易《やす》い。だから、強盗事件があって、自分に容疑がかかってくるかも知れないことは、わかっていたろうし、その証拠となる一千万円は、少しでも早く、誰かに預けたかったろう。それなのに、なぜ、二日間、連絡しなかったんだろうか？」

「相手が旅行中だったのかも知れませんね。十一月一日になったら、家に帰っているとい
ったので、その日まで待って、連絡をとったということじゃありませんか？」

「いや、それは違うな。もし、女が十一月一日に旅から帰ってくるとしたら、それまで待ってから、銀行に押し込めばいいんだ。『あさま9号』を利用したアリバイ・トリックは、十月三十日でなければ、出来ないわけじゃなくて、その列車が走っている限り、可能だか

らね」

9
「じゃあ、なぜ、十一月一日になってから、東京に電話したと思われますか？」

亀井は、じっと、十津川を見た。

「深見は、強盗を働いた十月三十日に、すでに、女に会っていたんだと思うね。そして、一千万円を預けた。金を持った女は、ひと足先に、東京へ帰った。十一月一日の電話は、無事に、東京へ帰ったかどうかを確認したんだと思うね」

「すると、深見は、この長野で、女に会い、一千万円を預けたということになりますね？」

「そう考えれば、深見が、長野へ来た理由もわかるじゃないか」

「しかし、警部。誰も、この旅館へ訪ねて来なかったし、電話もかからなかったと、女将は、証言していますが」

「問題は、そこさ。この長野で、落ち合うことになっていて、しかも、相手が、この旅館に連絡して来なかったということになると、どんなことが、考えられるかね？　しかも、当の深見は、別に、あわてた様子はなかったというからね」

「女も、この旅館に来ていたということですか？」

亀井は、眼を輝かせた。

「その通り。そう考えれば、全て説明がつくんじゃないか。しかも、泊まり客の誰か、かなり限定できる。深見が、この旅館を、十月二十九日に予約しているから、その前に、この旅館に泊まってはいないとわかる。恐らく、十月三十日に、ここへ先に来て泊まったんだろう。それから、深見は、十一月一日の午前中に、東京へ電話しているから、その時には、もう、東京に女は、帰っていたんだ。つまり、十月三十日に泊まり、翌日、東京へ帰った女が、深見の相棒ということになる」

「調べて来ます」

亀井は、すぐ、階下の帳場へ飛んで行った。
二、三分すると、宿帳を借りて、戻って来た。
「該当する客は、一人だけでした。ここにある田中京子《たなかきようこ》です。住所は、東京の世田谷《せたがや》になっていますが、世田谷区多摩川《たまがわ》町などというのはありません」

「それから、名前も、偽名だろうな」

十津川は、別に、落胆した様子も見せずにいった。自分の推理が当たっているとしても、本名で泊まっていたとは、思っていなかったからである。

十津川は、まず、旅館の女将に頼んで、絵の描ける人間を探して貰った。

その結果、近くに住んでいて、昔は、似顔絵が得意だったという老人が見つかった。

旅館の女将や、従業員などから、田中京子と名乗って、泊まっていた女の顔を聞き、その似顔を、老人に、描いて貰った。

多少、古めかしい線だが、老人の腕は、確かなものだった。

女将や、従業員の言葉に従って、似顔絵は、少しずつ、訂正されていった。

一時間近くたって、女将が、満足気《げ》に、

「この顔だわ!」

と、叫んだ時、絵が出来あがるのを、じっと、見守っていた十津川と亀井も、同時に、

「彼女だ!」

と、声に出していた。

深見が、五年前、郵便局を襲って逮捕された時、彼が同棲していた女が、彼女で、名前は、確か、池田有子《いけだゆうこ》といった。

深見は、五年間、刑務所に入っていたのだが、出所すると、すぐ、彼女に連絡したのだろう。

「男も女も、意外に、律気《りちぎ》なんだな」

十津川は、苦笑した。

五年間、刑務所に入っていた深見は、出て来たばかりでは、新しい女を作る時間がなかったろうが、女の方は、よく、五年間、他に男を作らなかったものだと、十津川は、感心した。

或るいは、五年間、自分を待っていてくれたということで、深見は、池田有子を信用して、強奪した一千万円を、彼女に預けたのかも知れない。

東京に戻った十津川は、すぐ、池田有子を、指名手配した。

二日後、池田有子は、羽田《はねだ》空港で逮捕された。皮肉なことに、有子は、自分より若い男と、深見が預けた一千万円を持って、北海道へ、高飛びするところだった。

やはり、五年間は、女にとって、長過ぎたのかも知れない。

海を渡った愛と殺意

第一章　南への夢

1

小雨が降っていた。

雨のせいか、昨日までの残暑が嘘《うそ》のように、肌寒くなっている。

その小雨の中で、十津川は、上衣の襟《えり》を立てて、男の死体を見下ろした。

丸子《まるこ》多摩《たま》川の河原だった。男は、雑草の上に、俯《うつぶ》せに倒れて、死んでいる。

死因は、はっきりしていた。後頭部に、血がこびりつき、その血が、雨にぬれて、少しずつ、浸《し》み出している。

背後から、スパナみたいなもので、何度も殴《なぐ》られたのだろう。

死体の所持品を調べていた亀井刑事が、立ち上がった。

「何にもありませんよ。財布、免許証、名刺、キーホルダー、キャッシュカード、何もありません。背広のネームもなしです」

「腕時計はしているね」

「ロレックスですが、どうも、ニセモノのようです」

「だから、腕時計は、盗《と》られなかったのかな？」

「そうともいえません。何しろ、身元のわかるものは、何もありませんから。腕時計は、身元を示すものではないと思って、犯人が、盗らなかったとも、考えられます」

と、亀井は、いった。

死体は、司法解剖のために、運ばれて行った。

午前九時二十分。

いっこうに、気温は、あがらない。刑事たちは、死体のなくなった現場で、寒さに震えながら、犯人の遺留品を探した。

だが、何も見つからなかった。

捜査本部が、西蒲田《にしかまた》署に設《もう》けられた。

そこには、被害者の服、下着、靴《くつ》、それに、ニセモノのロレックスが、集められた。

「やたらに、メイド・イン・タイワンが多いですよ。上衣も、ワイシャツも、台湾製です」

と、西本が、いった。

亀井が、笑って、

「私の持ってるトランジスタラジオは、日本のメーカー製なんだが、よく見ると、メイド・イン・タイワンになっているよ。繊維製品は、今は、韓国製や、台湾製が、多いんじゃないか」

「しかし、少し多すぎますよ」

「何がいいたいんだ？」

十津川が、きいた。

「ひょっとすると、あの仏さんは、日本人じゃないのかも知れません」

「そんなに簡単に断定するな。台湾で二、三年生活して帰国した日本人かも知れんじゃないか」

と、十津川《かわ》は、いった。

ズボンの革ベルトを調べていた日下が、ベルトの裏側に隠された紙幣を見つけ出した。

「全部、ドル札です。百ドルが十枚、二十ドル十枚、十ドル五枚で、合計千二百五十ドルです」

「十二万五千円ぐらいか」

「どういうことでしょうか？　日本人が、日本の中で、わざわざ、ドル札を、ベルトに隠して、持ち歩いたりしないと思いますが」

「多分、被害者が、明日にも、海外へ行くところだったか、或るいは——」

「或るいは、何ですか？」

「西本刑事のいうように、外国人が、日本にやって来て、殺されたかだが」

動機は、何だろう？

物盗りだろうか？　しかし、単なる物盗りなら、身元がわかるものを、根こそぎ持ち去る必要はないのではないか。

指紋を採《と》り、それを警察庁に送ったが、前科者カードには、見当たらないという回答だった。

夕方になって、司法解剖の結果が出た。死因は、やはり、脳挫傷《のうざしょう》による窒息死で、死亡推定時刻は、昨日、十月二十一日の午後十時から、十一時の間だった。

被害者の身長は、百七十三センチ。体重六十五キロ。推定年齢は、二十五歳から三十歳。そして、身元不明。

捜査会議でも、当然、そのことが、問題にされた。

「被害者が、外国人だという可能性は、どのくらいあるんだ？」

と、三上本部長が、きいた。

「今のところ、五十パーセントです。外国人としたら、台湾の人ということが、まず、考えられます」

と、十津川は、いった。

「最近は、台湾からも、グループで、日本に観光に来る人たちが、いるからな。その一人かね？」

「かも知れませんが、普通、東京というと、東京ディズニーランドへ行くと聞いています。丸子多摩川というのは、ちょっと、考えられません」

「そこが、殺しの現場だというのは、間違いないのか？　他の場所で殺されて、あの場所へ運ばれたということは、ないのか？」

三上が、きく。

「現場の状況や、死体の様子から考えて、考えられません。あの河原で、殺された筈《はず》です。多分、昨夜、犯人に、あの場所へ、連れ出されたものと思います」

と、十津川は、いった。

「凶器は、見つからずか？」

「見つかっていません。犯人が持ち去ったか、多摩川に捨てたかだと思います」

「被害者が外国人だとしたら、捜査は、より慎重にやってくれよ」

心配性の三上は、十津川に、いった。

「日本人、外国人の両方の線で、捜査を進めよう」

と、十津川は、刑事たちに、いった。

現場周辺の聞き込みと、並行して、もし、外国人で、入国したとすれば、ここ、二、三日中であろうと考え、各空港の出入国管理局に、男のモンタージュ写真を持って、刑事たちが、聞き込みに出かけた。

殺されたのが、昨夜。背広は真新しく、汚れていない。それに、ベルトに隠したドル札が奪われていないことなどからみて、外国人とすれば、入国して間もないと、十津川は、考えたのだ。

九州や、大阪で入国して、東京に来たと考えるより、東京で、入国したと考える方が、いいだろう。

十津川は、そう考え、成田《なりた》と、羽田《はねだ》に重点をおいた。

特に、羽田は、国内線の空港だが、台湾からのチャイナ航空だけが、就航している。被害者が、台湾人なら、羽田を利用した可能性が、高いのだ。

その羽田の出入国管理官が、刑事の質問に対して、見覚えがあると、いった。

直ちに、十津川は、亀井を連れて、事情をききに、急行した。

田口《たぐち》という管理官は、刑事たちの示した被害者の写真に対して、

「確か、昨日十月二十一日の十五時五十五分着のチャイナ航空の一〇〇便で来た乗客だと思いますね」

と、いい、その便の乗客名簿を見せてくれた。

機種は、ボーイング744ジャンボで、乗客の数は、二百九十六名である。

台北《タイペイ》から来たこの飛行機には、八十五人の日本人と、外国人二百十一人が、乗っている。

「この人物だと、思いますね」

と、管理官は、名簿の中の一人を、指さした。

そこには、周実徳《しゆうじつとく》の名前が、書かれていた。住所は、台湾の台中《タイツオン》市になっている。目的は観光になっている。

彼の手荷物を調べたという税関の職員にも会うことが出来た。井上《いのうえ》というベテランの検査官で、

「彼のことを覚えているのは、日本語が上手《じようず》だったからです」

と、十津川に、いった。

「若い台湾人で、日本語が上手《うま》いというのは、珍しいんじゃありませんか？　老人なら、

日本が占領した頃に、日本語を覚えたということもありますが」

「そうですね。しかし、彼は、なかなか、きれいな日本語を話しましたよ」

「何かいっていましたか？」

「初めて、日本に来たといっていましたね。タクシーに乗りたいというので、タクシー乗り場を教えました」

「来日の用事は？」

「旅券には、観光となっていましたが、ひどく、緊張しているようだったし、グループでなく、ひとりでしたから、単なる観光で来たとは、思えませんでした」

と、井上は、いった。

十津川と、亀井は、タクシー乗り場に行き、写真を見せ、十月二十一日の午後四時頃、その台湾人を乗せた運転手はいないか、きいて廻《まわ》った。

その結果、Sタクシーの五十歳の運転手が、その時刻に、写真の男を乗せたと、名乗って出た。

十津川と亀井は、その運転手のタクシーに乗り、二十一日に、彼を降ろしたところまで、行ってくれるように、頼んだ。

タクシーは、首都高速に乗って、新宿《しんじゆく》方面に向かった。

「彼は、日本語で、ここへ行ってくれといって、メモを渡したんです。そのメモには、ローマ字で、SETAGAYA KU、DAITABASHIとありました」

「それで、世田谷区の代田橋へ、送ったんですか？」

「そうです」

タクシーは、首都高速を出て、甲州《こうしゅう》街道に入った。

甲州街道と、環七《かんなな》の交叉《こうさ》点近くで、タクシーが止まった。

「ここで降ろしました」

「ここから、何処《どこ》へ行ったんだろう？」

「マンションの名前をいってましたよ。メモにあった番地が、この辺だったんです」

「何というマンションか、覚えていませんか？」

「何と書いてあったかな？」

と、運転手は、しばらく考えていたが、十津川の手帳に、VIRA DAITAと、書いた。

「綴《つづ》りは、間違えているかも知れませんが、ヴィラ代田と読めたんです」

「ありがとう」

「本当に、あの人が、殺されたんですか？」

「そうです。丸子多摩川で、死んでいました」

「いい人だと思ったんですがねえ。丸子多摩川ですか？　ここで、降ろしたのに」

運転手は、溜息《ためいき》をついた。

十津川と、亀井は、タクシーを降りると、ヴィラ代田というマンションを探した。

近くのスーパーできき、いわれた通りに歩いて、七、八分で、ヴィラ代田に着いた。

だが、被害者が、ここに、誰を訪ねたかが、わからない。

一階の郵便受けを見たが、中国名の表札はなかった。とすると、このマンションの日本人に会いに来たのか。

七階建ての新しい、洒落《しゃれ》たマンションである。

二人は、管理人に会って、被害者周実徳の写真を見せた。

「この人が、十月二十一日に、ここへ来た筈なんだが」

と、十津川が、きいた。

「ええ。夕方、確かに、訪ねて、見えましたよ」

「ここの誰に、会いに来たのかね？」

亀井が、きいた。

「久保寺《くぼでら》さんです。703号室」

と、管理人は、いった。

十津川と、亀井は、エレベーターで、七階にあがったが、703号室は、ドアが閉まっていて、いくら、インターホンを鳴らしても、返事がなかった。

亀井が、もう一度、一階へ下り、管理人を、呼んで来た。

管理人は、自分でも、インターホンを鳴らしてみてから、

「そういえば、久保寺さん夫婦は、ここ何日か見かけていませんね」

「しかし、二十一日には、いたんでしょう?」

「ええ。あのお客が来て、七階に上がって行ったまま、下りて来ませんでしたからね。いたんじゃありませんか」

「部屋を開けて下さい」

と、十津川は、いった。

「しかし、久保寺さんに断わりませんと――」

「私が、断わりますよ」

十津川が、警察手帳を突きつけて、いった。管理人が、ドアを開け、二人は、部屋に入った。

2DKの部屋である。

「まるで、新婚の家みたいですね」

と、亀井が、いった。

全《すべ》てが、真新しい。応接セットも、三面鏡も、タンスもである。

ベッドもだった。中でも、目立つのが、中国製の紫檀《したん》のタンスだった。

「久保寺さんというのは、何をやっているんです？」

十津川は、管理人にきいた。

「M商事に、お勤めだと聞いています。エリートサラリーマンですよ」

と、管理人は、いう。

亀井が、壁にかかっているパネルを外《はず》して、十津川に見せた。
三十二、三歳の男と、二十歳ぐらいの女が、一緒に写っている写真だった。女の方は、美しい衣裳を着ていた。頭にも、きれいな模様のバンダナをつけている。多分、何処かの民族の衣裳なのだろう。
部屋の中は、きれいに片付いていて、荒らされた形跡は、ない。

だが、周実徳という台湾人は、二十一日にここへやって来て、その日の夜、丸子多摩川で、殺されたのだ。

十津川は、亀井と、M商事に、廻ってみることにした。

M商事本社は、新宿西口にあった。

人事部に行き、杉本《すぎもと》という部長に会って、久保寺のことをきいた。

「彼は、営業三課の課長で、優秀な人間ですよ」

と、杉本は、ニコニコしながら、いった。

「奥さんは、外国人ですか？」

「ええ。台湾の女性です。彼は、二年間、うちの台北支店に、勤めていたんですが、その時、台中の日月潭《リーユエタン》に遊びに行きましてね。そこで、高砂《たかさご》族の娘に、一目惚《ぼ》れして、結婚したんです」

「なるほど。それで、久保寺さんは、今、何処にいますか？」

亀井が、きいた。

「奥さんの実家に帰っていますよ。奥さんが、妊娠して、間もなく、子供が生まれるので、台湾に行くということでした」

杉本は、机の引出しから、ワープロで打った手紙を取り出して、十津川たちに見せた。

宛名《あてな》は、人事部長様になっている。

〈私の妻、美麗《びれい》が、子供は、台湾の実家で産みたいと申しますので、一週間の予定で、台湾へ行って参ります。よろしく、ご配慮願います。

十月十七日　久保寺徹《とおる》〈印〉

「おかしいですね」

と、十津川が、呟《つぶや》いた。

聞き咎《とが》めて、杉本が、

「何が、おかしいんです?」

「二十一日に、久保寺さん夫婦を訪ねた人が、いるんです」

「その人は、会えなかったと思いますよ。今は、二人とも、台湾なんですから」

「奥さんが、妊娠しているというのは、本当なんですか?」

十津川が、きくと、人事部長は、眉《まゆ》をひそめて、

「久保寺君は、そんなことで嘘をつく男じゃありませんよ」

「久保寺さんの人間性みたいなものを、話してくれませんか」

と、十津川は、いった。

「これは、ひいき目でいうんじゃなくて、優秀な人間です。英語、中国語が、堪能《たんのう》で、文字どおり、わが社のホープです」

「奥さんは、どうですか？」

「美しい女性ですよ。久保寺君が、一目惚れしたのも、もっともだと思いますね。高砂族の中の一つの部族の首長の娘で、アメリカ留学の経験もあるインテリ女性です」

「国際結婚だったわけですね？」

「そうです。私は、結婚式の時と、もう一回しか、奥さんに会っていませんが、とにかく、チャーミングな女性ですよ」

と、杉本は、賞《ほ》めそやした。

「だが、妊娠しているのは、知らなかった？」

「当たり前でしょう。そういうことは、夫婦の間のことですから」

杉本は、怒ったように、いった。

「この手紙ですが、会社の書式にのっとっていませんね。普通は、会社所定の休暇届を出すんじゃありませんか？」

亀井が、きいた。

「そうですが、ちゃんと、印鑑も押してありますからね。受理しました」

「これは、郵便で、送って来たんですね？」

「そうです。多分、急に、台湾へ行くことになって、空港から、投函したんだと思います。封筒には、羽田郵便局の消印がありましたから」

杉本は、その封筒を見せた。なるほど、消印は、羽田だった。

「部長さんの話を聞いていると、久保寺さんも、奥さんも、人を殺すような人には、思えませんね」

亀井が、無遠慮に、いった。

杉本は、むっとした顔で、

「変なことは、いわないで下さい。二人とも、立派で、優秀な人間ですよ」

と、いった。

2

捜査本部に帰ったときは、午後六時を廻っていた。

黒板には、周実徳のモンタージュと、久保寺夫妻の写真が、貼《は》り出された。

それに、ワープロで打たれた久保寺の休暇届が、貼り出された。

「事実だけをいえば、十月二十一日のチャイナ航空で、周実徳という台湾人が、羽田にやって来た。タクシーを拾いヴィラ代田に行き、そこの703号室へ行った。その後、彼は、丸子多摩川へ行き、夜おそく、そこで、殺された。これが、全てだ」

と、十津川は、刑事たちに話した。

「推論の部分は、どうなっているんですか？」

若い西本刑事が、きいた。

「周実徳は、二十一日の午後五時半頃、ヴィラ代田の703号室に行った。そこに住んでいる久保寺夫婦を訪ねたことは、間違いない。だが、二人は、いなかった。代わりに、犯人がいたんだ。犯人は、周実徳を、多分、車に乗せて、丸子多摩川へ連れて行き、そこで殺し、身元がわかるようなものは、全て、剝《は》ぎ取った。だが、ベルトに隠したドル札には、気が付かなかった。そんなところだな」

「久保寺夫婦は、今、何処にいるんですか？」

と、日下が、きいた。

「わからないね。本当に、妻の実家の台湾に帰っているのかも知れないし、他の場所へ身を隠しているのかも知れない。あるいは、何処かで消されてしまったのか」

「一応、奥さんの実家へ行ってみる必要がありますね」

と、亀井が、いった。

十月二十三日。

十津川と、亀井は、羽田から、チャイナ航空で、台湾に向かった。

十四日以内なら、ビザなしで、行けるのが、有難かった。

羽田から、三時間三十分で、台北の中正《ちゅうせい》国際機場へ着いた。

三上本部長が、向こうの警察へ連絡してくれていたので、空港（機場）には、日本語のできる刑事が、迎えに来てくれていた。

三十五、六歳の朱慶之《しゅけいし》という刑事だった。

十津川が、彼に、周実徳のモンタージュを見せると、じっと、写真を見ていたが、

「高砂族の一人だと思います」

と、鮮やかな日本語で、いった。

「台中の日月潭の近くに、住んでいるそうですね」

「そうです。高砂族は、九つの部族に分かれていて、日月潭の近くに、九族文化村というのがあります。そこへ行けば、この写真の人間についても、何かわかると思います」

「そこの娘さんが、日本の青年と結婚したと聞いているんですが、知っていますか？」

十津川は、きいてみた。

「そういう話は、聞いたことがあります。多分、日月潭の徳化社《ドーフアシヨー》に住むツオウ族の娘さんのことでしょう。今日は、台北のホテルに泊まって、明日、ゆっくりと、行きましょ

う」

と、朱は、いった。

十津川としては、これから、すぐにでも、台中へ行ってみたかったが、郷に入ればと考えて、台北のホテルに、一泊することにした。

朱が、案内してくれた三徳大飯店《サントスホテル》に入った。

今、台北は、大型ホテルの建築ラッシュとかで、このホテルも、十八階建ての大きなホテルである。ロビーには、日本人観光客が、沢山《たくさん》いた。

ここで、スペイン料理を食べて、十津川と亀井は、早々に、寝てしまった。

翌朝早く、出かけるつもりだったからだが、朱刑事が、迎えに来たのは、昼近くだった。どうも、万事ゆったりしている感じである。

彼と一緒に、台北駅（台北車站《ツェツアン》）に行き、台中へ行く、特急「自強号《ツーチヤンハオ》」に、乗った。

座席指定の列車である。日本の新幹線以前の特急列車という感じだった。

食堂車はついていなかったが、朱刑事が、車内販売で、弁当を買って来てくれた。

台中まで、二時間十分の列車（火車《フオツエ》）の旅である。

台北車站を出ると、窓の外に、田園風景が広がる。

農村風景は、日本のものと、さして、違いはない。ただ、農家のたたずまいは、石造りだ。それに、さすがに、亜熱帯の匂いがする。松の代わりに植えられているのは、椰子《やし》の木だ。

亀井は、持って来たEEカメラで、しきりに、車窓風景を、撮《と》っている。

「子供に頼まれたんです」

亀井は、照れたように、いった。

列車には、若い女性《ホステス》(服務小姐《フーウーシャオチエ》)が、乗っていて、お茶のサービスをしてくれる。亀井は、彼女にも、カメラを向けている。

「観光客しています」

と、亀井は、自分で笑っていた。

列車と平行して、高速道路が、走っているのが、見え隠れするのは、日本と同じである。時々、高速バスが、走っているが、ここでは、バスが、汽車と、書かれる。

朱刑事は、窓の外の景色には、無関心に、何か、物思いにふけっていた。

「何か心配事でもあるんですか?」

と、十津川は、日本語で、きいてみた。

「いえ。プライベイトなことです」

朱刑事は、そういって、小さく、首を横に振った。

定刻に、列車（火車）は、赤レンガ造りの台中駅（台中車站）に、着いた。

この町も、台北と同じで、ビルラッシュになっている。

駅から、日月潭行の直通バスに乗った。

「約二時間で、着きます」

と、朱刑事が、いう。

十津川と、亀井は、駅で貰《もら》った観光パンフレットに眼をやった。日本語も併記されているのは、それだけ、日本人の観光客が、多いということだろう。

現に、同じバスに、日本人らしいグループが、七、八人乗っている。

アメリカ人らしいグループもいる。どちらも、賑《にぎ》やかだ。

「例の周実徳という男のことですが――」

と、朱刑事が、十津川に話しかけてくる。

「身元を調べました。高砂族の中のツオウ族の青年で、今では、中国名を名乗っていました。つまり、漢民族化していたということです。職業は、台中市の旅行会社で働いていました。独身でした」

「そのツオウ族というのは、日月潭の近くに住んでいるんですか？」

「そうです。徳化社というところに住んでいます。他の高砂族と同じで、今では、大部分が、都市の周辺に住んでいるんですが、昔のまま、山間部で、農業をやっている人たちもいます。それが、日月潭の近くの徳化社に住んでいるわけです」

「そこの首長の娘が、日本人と結婚したと聞いているんですが」

「そうです。日本人の商社マンと、結婚しました。名前は、確か——」

「美麗さん」

「日本人のあなたの方が、よくご存知だ」

朱刑事は、笑った。

バスは、台湾を南北に走る中央山脈に向かって、登って行く。

その中腹、標高七百二十七メートルにある湖が日月潭だった。

道路は、日月潭から流れてくる渓流沿いに伸びている。そんなところは、十和田湖《とわだこ》と、奥入瀬《おいらせ》渓谷に似ていないこともなかった。

パンフレットを見ると、形が、十和田湖に似ている。

バスは、いったん山頂まで登り、次は、日月潭に向かって、下りて行く。

青い湖面が見え、湖上を、遊覧船が、走っているのが、眼に入ってきた。

「どこが、太陽で、どこが月なのかしら？」

ふいに、ちょっと、アクセントの妙な日本語が、聞こえた。

十津川が、眼をやると、長身の白人の女性が、窓から、湖を見下ろして、きいているのだ。

連れの男は、どうやら、日本人らしい。

「パンフレットによると、島が見えるでしょう。あの島のこちら側の細長い部分が、月で、島の向こうの広い部分が、太陽だと書いてありますね」

と、男は、日本語で、答えている。

(どういうカップルなのだろうか？)

十津川が、考えている中《うち》に、バスは、湖畔のバスセンターに着いた。

3

観光客は、ここから、遊覧船に乗るらしいが、十津川たちは、ツオウ族のいる徳化社に向かった。

道路の両側に、民芸品の店が、並んでいる。この辺りは、珍しい蝶《ちょう》が多いのか、蝶の標本が多い。

三人は、その奥に向かって、歩いて行った。

そこに、ツォウ族の使用する物品の展示場があった。

日本人の青年と首長の娘の写真が、そこに飾ってあった。

二人が、民族衣裳で、結婚式をあげている写真が、大きなパネルにして、飾ってある。

その写真には、日本語の説明がついていた。

一九九六年九月九日、ここの首長の一人娘、美麗と、日本人商社マン、久保寺徹が、結婚したと、書かれている。

大きなパネル写真の横には、日本式の文金高島田での花嫁姿も、三分の一くらいの写真で、飾られていた。

「これですね」

と、亀井が、いった。

「父親の白仁《はくじん》さんに紹介しましょう」

と、朱刑事が、いった。

もともと、高砂族には、文字がなく、名前にも、漢字を当てて、作ったという。

「七十七歳だが、元気ですよ」

「何語で話したら、いいんですか？」

亀井が、きくと、朱刑事は、笑って、

「日本語が通じます。一九四五年までの日本の統治時代に、覚えたんです。ですから、部族間の連絡に、日本語が使われているケースもあります」

と、朱刑事は、いった。

彼の紹介で、十津川と、亀井は、首長の白仁老人に会った。

中庭では、民族衣裳を着た娘たちが、観光客に、踊りを見せていた。

自己紹介の終わったあと、亀井が、

「日本語が、お上手だ」

と賞めると、白仁は、突然、日本の軍歌を歌い始めた。台湾に来ていた日本の兵隊に、教わったらしい。

「こういう歌を聞くのは、精神衛生上よくありませんね」

と、亀井が、小声で、十津川に、いった。

十津川は、辛抱《しんぼう》強く、白仁老人が、歌い終わるのを待ってから、

「この男のことですが」

と、周実徳のモンタージュを見せた。

「よく知っている」

と、白仁老人が、いった。

「東京に行かせたのは、あなたですか？」

「私の娘夫婦から、全く、連絡が来なくなった。こっちから、手紙を出しても返事が来ないし、電話にも出ない。それで、いとこの彼に、東京へ行って貰うことにした」

「彼が、東京で、殺されたのは、知っていますか？」

「その刑事さんに、聞いた。大変に残念だ」

「何か心当たりは？」

「私は、物盗りのやったことだと思った。財布が盗まれていたと聞いたのでね。日本も、物騒な国になったと思った。しかし、今は、別の考えを持っている。免許証や、パスポートまで、盗まれたと聞いたからだ。どうやら、私の娘や、婿《むこ》のいなくなったことと関係がありそうだ」

と、白仁老人は、いった。

「失踪《しっそう》について、心当たりはないんですか？」

「全くない。娘の美麗は、優しい子で、誰からも、恨《うら》まれることはないと、思っている。婿の久保寺君も立派な青年だ。孫はこちらで産むと、娘は、手紙で、いって来ていたんだ」

「それで、心配で、周さんを、日本に行かせたんですね？」

「彼は、台中の旅行社で働いていた。日本語も上手なので、日本へ行って貰った。それが、殺されたということは、いったい、どういうことなのか、私も知りたいと、思っている」

「東京の娘さんからは、どんな便りが、あったんですか？」

と、十津川は、白仁老人に、きいた。

「今年の正月に、夫婦で、やって来て、ここで、三日間、過ごした。何の心配も持っていなかった。美麗も、久保寺君もだ。その後、美麗からの手紙は、五回、来ているが、それを、あなたに、見せる」

老人は、五通の手紙を持ち出して、十津川たちの前に置いた。

全て、エア・メイルで、老人の娘の美麗が、東京から出したものだった。

もちろん、中国語で、書かれている。それを、朱刑事が、日本語に要約して、聞かせてくれた。

それを聞く限り、久保寺夫婦の身に、何か問題があったということは、考えにくかった。

ただ、最後の手紙に、十津川は、引っ掛かった。

その手紙は、八月二十五日に、書かれたもので、次の文面になっていた。

〈日本の夏は、台湾と違った暑さですが、美麗は元気です。
今日は、嬉《うれ》しいことを書きます。お医者に診《み》て貰ったところ、妊娠三ヵ月と、教えられました。お父さん。あと七ヵ月したら、あなたは、お爺ちゃんになるんですよ。夫も、大喜びで、私が、産むときは、台湾の郷里でといったら、賛成してくれました。もし、男の子だったら、お父さんの名前の一字を入れた名前にしたいと思っています。
八月二十五日
美麗より〉

この手紙は、確かに、おかしいのだ。

久保寺は、十月十七日に、勤務先の商社に、休暇届を出しているが、間もなく、妻が出産するので、彼女の郷里に一緒に、帰りたいと、書いているからだった。

八月二十五日の手紙に、三ヵ月と書いているのだから、出産は、来年の春の筈だった。

この手紙に嘘はないだろう。だから、久保寺が、ワープロで書いて、送った休暇届が、嘘ということになってくる。

十津川は、休暇届のことを、朱刑事と、白仁老人に、話した。

白仁老人は、しばらく考えてから、落ち着いた声で、

「婿夫婦は、何者かに、誘拐《ゆうかい》されたと、いうのだね？」

と、十津川に、いった。

「その可能性が、強いと思いますね。この手紙を見て、確信しました。久保寺夫妻は、何者かに誘拐され、その犯人が、周さんを殺したのです」

「その犯人は、何者なんだ？」

「正直にいって、わかりません。ここへ来れば、何か手掛かりがつかめるかも知れないと、思ったんですが」

と、十津川は、いった。

「しかし、事件が起きたのは、日本でだ。それならば、犯人も、動機も、日本の、それも、東京にあるんじゃないのかね？」

白仁老人は、あくまで、穏やかな調子で、いった。

だが、内心は、腹立たしくて仕方がないに違いない。事件は、二つとも、日本で起きている。それを解決できずに、日本の刑事が、何をしに、この台湾の日月潭に来ているのだと、老人は、思っているのではないか。

その怒りを顔に出さず、穏やかに話しているのは、この老人の自制心の強さを示してい

るのだろう。

「そのとおりですが、今もいったように、犯人の見当がつかないのです。それで、何か、解決へのカギでも見つかるのではないかと思い、ここへ来てみたのです」

と、十津川は、いった。

「それで、何か、見つけたのか？」

「いえ、見つかりません」

十津川は、肩を落として、いった。

白仁老人は、考えてから、

「考えに行き詰まったときは、湖を見るといい。心が落ち着き、自然に、いい考えが、浮かんでくる」

と、いい、立ち上がって、外へ出ると、広場を抜けて、すたすたと、湖岸に向かって、歩き出した。

十津川たちも、あわてて、老人のあとを、追った。

湖岸には、遊歩道が、作られている。

夕暮れが、近づき、一層、湖面は、静けさを見せていた。

観光客も、十津川たちの近くで、じっと、湖面を見つめている。

遠く、光華島《クアンホアタオ》の脇から、巨大な水柱があがるのが見えた。四十メートル近く、噴出する。

湖の水を、二時間おきに、放水するために作られた、人工の装置だという。

十津川が、その水柱に、見とれたとき、突然、近くで、銃声が聞こえ、悲鳴が生まれた。

4

十津川の近くにいた観光客の一人が、倒れたのだ。

倒れたのは、日本人の男で、傍《そば》にいた白人の女が、

「救急車を呼んで！」

と、英語で、叫んでいる。

バスの中で、日本語で、湖のどこが月で、どこが太陽なのかと、きいていたアメリカ人らしい女だった。

倒れたのは、連れの日本人らしい男だった。

男は、右腕をおさえて立ち上がると、

「大丈夫、大丈夫」

と、いっている。

だが、その右腕から、血が噴き出し、指先から流れ落ちている。

「ノー！　大丈夫じゃない！」

と、女は、強い声で、いい、また、

「救急車を呼んで！」

と、叫んだ。

朱刑事が、携帯電話を取り出して、救急車を呼ぶ。

十津川と、亀井は、刑事の本能で、素早く、周囲を見廻した。

しかし、怪しい人影は、見つからなかった。

十津川と、亀井は、射《う》たれた男に近づき、まず、上衣を脱がせ、女に協力して、止血の処置を取った。

右手の上膊《じようはく》部を、強く締めつけると、血が、止まったところをみると、男が、いったように、傷は、たいしたことはないのだろう。

やがて、救急車が、到着した。

男は、担架で、車に乗せられるとき、十津川と亀井に、

「私は、浜口《はまぐち》といい、京都の大学で政治経済を教えています。手当てをありがとうございます」

と、礼をいい、

「こちらは、ミス・キャサリン」

と、連れの女性を紹介した。

十津川は、微笑して、

「知っています」

「今、思い出したんですよ。アメリカの副大統領のお嬢さんでしょう？」

「なぜ、私のことを知っているんですか？」

今度は、彼女が、不審そうに、きいた。

「副大統領が、来日して、東京に来られたとき、警護に当たりました。その時、ミス・キャサリンも一緒だった。それを、今、思い出したんです」

「ああ。あの時ね。あなたは、日本の警察の方ですか？」

「警視庁の十津川といいます。こちらは、亀井刑事です。とにかく、病院へ行って下さい」

と、十津川は、いった。

救急車は、浜口と、ミス・キャサリンを乗せて、走り出した。

静けさが戻り、同時に、重苦しい緊張が漂ってきた。

朱刑事は、携帯で、しきりに、警察に、状況を説明している。

「こんな静かな場所で、銃撃が起きるなんて、驚きましたね」

亀井が、まだ、周囲を気にしながら、十津川に、いった。

夕闇《ゆうやみ》が、濃くなってくる。

白仁老人は、家の中に、引き返し、十津川と亀井は、朱刑事に案内されて、日月潭大飯店《サンムーンレイクホテル》に、泊まることにした。リゾートホテルだった。

夕食をホテルのレストランでとり、部屋に入ったが、二人とも、落ち着けなかった。

十津川は、手帳に、何やら、図面を描き始めた。

「何をしていらっしゃるんですか？」

と、亀井が、のぞき込む。

「狙撃があったときの状態を、思い出しているんだ」

「犯人は、湖と反対側から射って来たのに、間違いありません」

「私たちは、湖岸に立って、光華島の方を眺めていた。問題は、それぞれの人間が、立っていた位置だ」

「警部は、浜口という大学の先生が、狙われたとは、思わないんですか？」

と、亀井が、きいた。

「何となく、違うような気がするんだよ」

「じゃあ、本当に狙われたのは、ミス・キャサリンですか？　アメリカ副大統領の娘なら、狙われそうな気がしますが」

「あの時、あそこにいたのは、私と、カメさん。朱刑事、白仁老人、それに、ミス・キャサリンに、浜口先生だ」

「そうです。並ぶ感じで、湖面を眺めていたんです」

「一番右に朱刑事がいた――」

「その隣りが、私で、私の左が、警部です」

「私の横に、白仁老人がいた。その更《さら》に左に、あのカップルがいたんだ」

「とすると、やっぱり、犯人は、ミス・キャサリンを狙って、誤って、浜口先生を射ってしまったんですかね」

「いや、違うな。白仁老人、浜口先生、ミス・キャサリンと、並んでいたんだ。しかも、浜口先生は右腕を、射たれている」

十津川は、手帳に、三人の位置関係を、描いて見せた。

「では、白仁老人を狙って、浜口先生の右腕を、射ってしまったということですか？」

「或るいは、浜口先生本人を狙ったかだ。ミス・キャサリンを狙ったのなら、誤射でも、浜口先生の左半身を、射っていたんじゃないか。もちろん、犯人の位置と、腕前にもよるがね」

と、十津川は、いった。

翌日、十津川と、亀井は、朝食をすませると、昨日の現場に行ってみた。

朱刑事が、先に来ていて、制服姿の警官を、指揮して、現場を調べていた。

十津川たちを見ると、手招きして、

「ここが、犯人がいた場所と思われます」

と、指さした。

湖岸から、七十メートルばかり離れた場所で、ツオウ族の民芸品の売店の裏だった。

「ここに身をひそめて、狙撃したものと思います」

「薬莢《やっきょう》が見つかったんですか？」

「いや。薬莢は見つかりません。多分、犯人は、リボルバーを使用したんでしょう。ただ、ごらんのように、足跡がついています。ここに、犯人は、うずくまり、狙って、射ったんです」

と、朱刑事は、いった。

十津川は、そこに、膝《ひざ》をつき、湖岸に眼をやった。

距離、約七十メートル、当てごろ、外しごろといった距離だと思った。

「昨日、射たれた日本人ですが、浜口という大学の先生です」

と、十津川が、いうと、朱刑事は、

「私の方でも、調べました。京都の人で、大学の助教授とわかっています。医者の話では、かすり傷で、明日には、退院できるそうですよ。それに連れの女性は、アメリカ副大統領の娘さんとのことで、これには驚きました」

「それで、私は、本当に狙われたのは――」

「その娘さんではないかと、いわれるんですか？　台中警察でも、同じ意見が出ています」

「いや、本当に狙われたのは、白仁老人ではないかと、思うのです」

十津川は、人物の配置を描いた手帳を、見せた。

朱刑事は、首をかしげて、

「しかし、なぜ、白仁老人が、狙われるんですか？　ツオウ族というのは、高砂族の中で、一番、漢民族の中に、融け込んでいる部族で、問題は、起こしていない。白仁老人は、有名な有徳の士で、台湾政府の偉い人たちも、彼のことを、白仁爺と呼んで、尊敬しているんです」

「しかし、東京で、彼の娘さん夫婦が、失踪し、彼の指示で、日本へ行った周実徳さんが、殺されていますよ」

と、十津川は、いった。

「確かに、それはありますが、ここは、日本ではなく、台湾ですからねえ」

と、朱刑事は、いった。

その日、ホテル（飯店）に戻って、昼食をすませた十津川たちのところへ、朱刑事が、やって来て、

「現場で、面白いものを、発見しました」

「面白いもの――ですか？」

「犯人がいたと思われる場所は、小さな草むらになっています」

「ええ。覚えていますよ」

「その草の葉に、何かの液体が、附着していたんです。もし、犯人が、ツバを吐いたのなら、それから血液型がわかると思い、その液体を、調べてみました。だが、ツバではあり

ませんでした。ソフトドリンクでした」

「――」

「がっかりしました。それに、犯人が飲んだとしても、何もわかりませんからね。せいぜい、そのソフトドリンクを、犯人が好きだということしか、わかりません」

「そうですね」

「がっかりしましたが、一応、それを分析してみたんです。すると、そのソフトドリンクの中にクスリが、溶《と》けているのが、わかりました」

「クスリ――ですか？」

「アンフェタミンが、検出されたんです」

「アンフェタミンというと、確か――」

「覚醒剤《かくせいざい》です。日本では、シャブというのでしたね」

と、朱刑事は、いった。

覚醒剤は、砕いた結晶を、蒸留水か、ミネラルウォーターに、溶かし、それを注射器《ポンプ》で、静脈注射する。だが、この方法は、ヤク中がやるが、痛いし、痕《あと》が残る。そこで、結晶をソフトドリンクに溶かし、飲むことも多い。

とすると、犯人は、覚醒剤を、常用していたのか。

日本の暴力団は、韓国や、台湾から、覚醒剤を密輸入している。

「何か、キナ臭くなってきましたね」

と、亀井が、十津川に、いった。

「台湾の警察は、どう解釈しているんですか？」

と、十津川は、朱刑事に、きいた。

「昨日の狙撃犯が、日本人のいうシャブ中の可能性が、出て来たことだけは、間違いないと思っています。多分、あの物かげで、狙撃のチャンスを狙っているとき、自分を落ち着かせようと、覚醒剤を溶かしたソフトドリンクを飲んでいたんでしょう」

と、朱刑事は、いう。

世界で、一番覚醒剤汚染度が高いのは、日本だろう。

他の国で、ドラッグといえば、ヘロイン、マリファナ、コカイン、LSDを、指すことが多い。日本では、覚醒剤だ。

それだけ、シャブは、日本人向きのドラッグなのだろう。とにかく、シャブをやれば、眠らなくても、シャカリキになって、働けるし、バクチが出来る。仕事好きの日本人向きのドラッグなのだ。

だから、朱刑事は、言外に、犯人は、日本人かも知れないと、いっているのだ。

とすると、狙われたのは、やはり、日本人の浜口という大学の助教授なのか。

十津川と、亀井は、浜口が運ばれた病院に、行ってみた。

台中市内の病院で、朱刑事が、軽傷といったとおり、浜口は、包帯はしていたが、もう、起き上がっていた。

ミス・キャサリンが、笑顔で、二人の刑事を迎えた。

十津川が、じっと、浜口の顔を見つめると、浜口は、笑って、

「どうしたんですか？　ごらんのように、もう、大丈夫ですよ」

「失礼ですが、シャブをやったことがありますか？」

「シャブって、覚醒剤でしょう？　そういうクスリの力を借りたことは、ありません」

と、浜口は、いった。

十津川は、今度は、ミス・キャサリンに、眼をやって、

「確か、ミス・キャサリンは、京都で、いろいろな事件に、関係されましたね？」

「イエス」

と、彼女が肯《うなず》き、浜口は、

「探偵ごっこが好きで、困っているんです。危い目にあわなければいいがと、思っているんですが」

「それは、違うわ」

と、ミス・キャサリンが、口を挟んだ。

「どう違うんです？」

「確か、ミスター・ポワロがいっているわ」

「エルキュール・ポワロですか？　彼が、何といっているんです？」

と、浜口が、いう。

「彼は、こういってるの。私が、事件に向かって行くのではなく、事件の方が、私に向かって来るのだと」

「それは、どちらでも構いませんが、お二人にききます。お二人が関係した事件で、覚醒剤が絡《から》んだものがありましたか？」

と、十津川が、きいた。

「ノー」

と、ミス・キャサリンが、いい、浜口も、

「記憶にありませんね。どうして、そんなことをきくんです？」

「実は、昨日、あなたを射った犯人が、覚醒剤を愛用しているらしいことが、わかったんです」

「それなら、幻覚を起こして、私を射ったんじゃありませんかね。覚醒剤を常用していると、誰かに襲われるような幻覚にとらわれて、ナイフを振り廻したりすると、聞いたことがありますよ」

と、浜口は、いった。

「それなら、いいんですがね」

「それならいいって、射たれたのは、私ですよ」

浜口が、苦笑する。

十津川は、あわてて、

「これは、失礼。ただ、シャブ中の犯人が、幻覚に襲われて、誰かれ構わずに、射ったのなら、大きな事件にはならないだろうと思ったんです」

「そうではないと、いうんですか？」

と、浜口が、きいた。

「まだ、わかりませんが、ひょっとすると、大きな組織が、背後で動いているのではないかという危惧《きぐ》を持っているんです」

と、十津川は、いった。

「どんな組織が、何のために、ミスター・浜口を、狙ったりするんですか？」

と、ミス・キャサリンが、きいた。

さすがに、副大統領の娘だけに、別に、怖がっている様子は見られない。

「それがわからなくて、困っているんです」

と、十津川は、いった。

第二章　誘拐

1

東京からの電話では、久保寺夫妻は、いぜんとして行方不明だが、国外へ出たという形跡はないというものだった。

誘拐されたと考えるより仕方がないと、十津川は、思った。

十津川は、亀井ひとりを台湾へ残し、自分は、急遽《きゆうきよ》、東京へ帰ることに、決めた。今回の事件は、今のところ、東京が主戦場なのか、台湾かわからないが、ともかく、東京で一人の人間が殺され、一組の夫妻が、行方不明になっていることだけは、間違いなかったからである。

それなら、今は、主戦場は、東京と、考えるべきだろう。

十津川は、朱刑事や、ミス・キャサリンにあとのことを頼み、空路、東京に、帰った。

捜査本部に戻ると、十津川は、三上本部長に、台湾でのことを、報告した。

三上が、驚いたのは、今回の事件に、覚醒剤が関係しているらしいことと、もう一つ、アメリカの副大統領の娘が、これは関係しているというよりも、巻き込まれてしまったらしいことに、不安を感じてしまったようだった。

三上は、心配性である。慎重といってもいい。

「大丈夫かね？」

と、十津川の話を聞き終わると、まず、いった。

「やるより仕方がありません。捜査四課とも、協力して、捜査を進めます」

「私が、心配しているのは、そのことじゃない。覚醒剤のことは、大変だろうが、どんどん調べて欲しい。私が、心配しているのは、ミス・キャサリンのことだ。何しろ、アメリカ副大統領の娘だよ。アメリカ大使館に、連絡しておかなくていいのかね？」

と、三上は、いう。

十津川は、苦笑して、

「アメリカ副大統領の娘は本当ですが、いわば、勝手に、恋人と、台湾へ行ってるわけです。台湾の少数民族に、興味を持ったといっていますが、あくまでも、私用です。それに、台湾にあるアメリカの出先機関に、すでに、連絡がいっていると思います。向こうの警察が、身辺警護に、当たっている筈です」

「しかし、同行しているのは、日本人なんだろう？」

「京都の大学の助教授です」

「それなら、日本人が、関係しているといってもいいんじゃないのかね？」

「日本人のヤクザが、台湾へ進出し、向こうのマフィアと、手を組んで、覚醒剤の密輸入をやっている。そのことには、私は、不安を感じていますが」

と、十津川は、いった。

「私のいいたいのも、それだよ。日本人が、台湾で、アメリカ副大統領の娘に、何かしないか、それを心配しているんだよ」

「台湾の警察も、優秀だと思いますよ」

十津川は、朱刑事の顔を思い出しながら、いった。

十津川は、三上本部長への報告をすませると、同期で、警視庁に入った捜査四課の中村《なかむら》警部に、会った。

「台湾から、覚醒剤を、密輸入している暴力団のことを、知りたいんだ」

と、十津川が、いうと、中村は、

「いくつかの暴力団が、台湾から、密輸入しているよ」

「密輸入の方法は？」

「大部分が、漁船を使っている。一カ月前も、北九州で、四十キロの覚醒剤を積んだ日本の漁船が、捕まっている。台湾から、積んで来たんだ」

「他の方法は？」

「旅行者が、身体《からだ》につけて、持ち込むケースもあるが、輸入した家具の中に、隠してというのもある」

「それを具体的に、教えて欲しい」

「家具に隠してというルートか？」

「そうだ」

「台湾で作られた紫檀の家具の中に、四キロの覚醒剤が、入っていたケースだ。確か、台湾の中部から、入って来たものでね。横浜に、着いた」

「なぜ、発覚したんだ？」

「受取人の態度がおかしいので、税関が、調べ直したところ、テーブルや、椅子《いす》などの中に、覚醒剤が、隠されているのがわかったらしい。家具をくりぬいて、そこに、詰めてあったというわけだ」

「最近のことじゃないのか？」

「一週間ほど前のことだと、聞いている」

と、中村は、いった。

「その事件のもっと、くわしいことを知りたい」

と、十津川は、いった。

中村は、いったん、捜査四課に戻り、メモしたものを持って、戻って来た。

「横浜税関に電話して、聞いてみたよ。台中から送られて来た家具で、東京の久保寺という男が、受取人だった」

「それで、久保寺という男は、取りに行ったのか？」

「五日前に、受け取りに来たんだが、様子が、おかしいので、横浜税関が、家具を調べ直したというんだ」

「どんな風に、おかしかったんだろう？」

「久保寺徹は、M商事の営業三課に勤めるエリートサラリーマンなんだが、税関に出頭した男は、健康保険証や、会社の身分証明書を見せたんだが、何か、態度に、落ち着きがない。とにかく、すぐ、持って、帰りたいというんだ。それで、税関が、男を待たせておいて、本当に、M商事の人間か、会社に、問い合わせてみようとしたところ、男が、突然、急用を思い出した。明日、出直して来るといって、帰ってしまったという。そこで、家具を調べ直したというわけだ」

「家具の送り主は？」

と、十津川が、きくと、中村は、メモを見て、

「台中の日月潭に住む、白仁という名前になっているということだ」

「やっぱりな」

と、十津川は、肯いた。

「そっちの事件に、関係があるのか？」

今度は、中村が、興味を示してきた。

「その白仁という老人に、台湾で、会ってきた。日月潭に住む少数民族の首長だよ。娘が、日本人の商社マンと結婚している」

「それが、M商事の久保寺ということか」

「娘の名前は、美麗だ。二人とも、今、行方不明になっている」

「行方不明？　どういうことなんだ？」

「誘拐された可能性がある」

「誘拐？」

中村の顔が、険《けわ》しくなった。

「誘拐したのは、台湾のマフィアと結託して、覚醒剤を密輸入しているグループだと、思

っている」

と、十津川は、いった。

「常識的に考えて、関東のK組だと思うがね」

「そのK組は、台湾から、覚醒剤を密輸入しているのか？」

「そうだが、最近うまくいっていない。さっきも話したが、北九州で、漁船で持ち込もうとした大量の覚醒剤が、摘発されたりしているからね。海上からのルートは、今のところ、全て、押さえられたとみていいだろう。そのため、東京周辺で、覚醒剤が、値上がりしているといわれている」

「それで、家具の中に隠して、送る方法をとったのかな？」

「かも知れない。ただ、送り主が、怪しい人間では、向こうで、押さえられてしまうと、思うんだが、今回の送り主の白仁という人間は、どうなんだ？　台湾では、評判がいいのか？」

中村が、きく。

「もう七十歳過ぎの老人だが、向こうの政府要人に、信用がある」

「しかし、少数民族の首長だろう？」

「蔣介石《しょうかいせき》が、中国大陸を追われて、台湾へ来たとき、白仁は、まっ先に、港へ行って、歓迎をした。そのため、蔣介石は、白仁に、恩を感じ、自ら白仁爺という敬称をもって、彼に、接していたというんだ。つまり、それだけ、政府要人に、信頼が厚かったということだよ」

「なるほどね。それだけ、白仁という名前には、重みがあるということだな」

「そうだよ。多分、向こうの税関などは、フリーパスだろうと思うね」

「その白仁が、日本へ嫁《とつ》いだ、娘夫婦に送った家具ということになるわけだ」

「そうなるね」

と、十津川は、肯いた。

「この事件に、暴力団が関係していると思うのか？」

中村が、改めて、きいた。

「可能性があると思っている」

「とすると、Ｋ組か？」

「多分ね」

「しかしねえ。Ｋ組が、誘拐までやるとは、考えにくいんだがね。君の考えでは、Ｍ商事の久保寺夫婦を、誘拐したと思うわけだろう？」

「そうだ。もちろん、最初は、金を使って、抱き込もうとしたんだと思う。ところが、久

保寺夫婦が、いうことを聞かなかったので、誘拐し、久保寺の保険証などを使おうとした
と、思っている」

「K組は、表向き、正業をやっていることになっている。用心深くて、覚醒剤に手を出しているのに、なかなか、尻尾《しっぽ》をつかませない」

「今の暴力団なら、そのくらいのことをやるだろうな。金融業をやったり、不動産会社を作ったり」

「そうなんだ。誘拐をやったとしても、K組の名前が出て来ないようにしていると思う。それを調べてみる」

と、中村は、いった。

更に、翌日になった。中村が、一つの情報を持って来た。

「JT貿易という会社がある」

と、中村は、いった。Jは、日本《ジャパン》、Tは台湾だという。

「台湾から、主として、木製品を輸入する会社だ。事務所は、四谷《よつや》のビルの中にある。社員七人の小さな会社だ」

「それが、今回の事件に、何か関係があるのか？」

「社長は、吉崎公平《よしざきこうへい》という三十五歳の男で、社員の一人は、中国人だ。台湾人といった方

が、正しいかな。名前は、朱徳之《しゅとくし》」

「朱徳之？」

「ああ」

「この会社の何処が、問題なんだ？」

「社長の吉崎だが、K組の幹部だった男だ。今でも、幹部かも知れない。K組の方では、除名したといっているがね」

「商売の実績は？」

「まあ、細々と、台湾で作られた木製の家具なんかを輸入しているが、あれで、ペイしているとは、とても、思えないね」

「そのJT貿易が、今度の事件に、関係していると思うのか？」

と、十津川は、きいた。

「K組が関係したと考えるより、このJT貿易が、関係していると、考えた方が、しっくりくると、思うんだがね」

と、中村は、いった。

「なるほどな」

「もう一つ、このJT貿易のことで、妙な噂《うわさ》を聞いたことがあるんだよ」

「どんな噂だ？」

「近く、台湾政府に、つながりのある人間を、顧問として迎えるという噂なんだ。社長の吉崎が、社員に、話していたらしい」

「台湾政府に、つながりのある人間？」

「それが、久保寺夫婦じゃなかったのかね。M商事は、台湾との商売をしているし、久保寺の奥さんの美麗は、台湾政府に、信頼が厚いわけだろう？」

「そうだ。なるほどね。そうやっておいて、覚醒剤を隠した家具を輸入するか？」

「だが、久保寺夫婦が、オーケイしなかった。そして、漁船が、捕まり、四十キロもの覚醒剤が、没収されてしまった。K組としては、至急、覚醒剤を手に入れたい。そこで、無理矢理、久保寺夫婦を誘拐したんじゃないかね。ただ、K組が、そんなことに、手を出せない。そこで、自分たちの息のかかっているJT貿易にやらせたのじゃないか」

と、中村が、いった。

「その会社に行ってみたいな」

十津川は、いった。

2

十津川は、中村と二人で、四谷の雑居ビルにあるJT貿易に、行ってみた。

そのビルの一階と、二階を占めている。

受付で、警察手帳を見せ、社長に会いたいと、告げると、

「社長の吉崎は、ただ今、仕事で、出ております」

と、受付の女性が、答えた。二十五、六歳で、とても、暴力団に関係ある人間とは、思えなかった。多分、社員の多くは、ただの貿易会社と思って、入って来たのだろう。

社内には、台湾製の家具や、オモチャなどが、置かれてある。

「いつ頃、お帰りですか？」

と、きくと、

「わかりません」

「行先は？」

「台湾です。台北、台中と廻って来ますので、帰京する日時がわからないのです」

「向こうにも、提携している会社があるんですか？」

「ええ」

と、肯き、その女子社員は、この会社のパンフレットを見せてくれた。

なるほど、台湾の台中公司《こうし》という向こうの会社と、業務提携していることになっている。

「台湾政府に、信頼されている人物を、近々、顧問として、迎えるという話を聞いたんですが、本当ですか？」

十津川が、きくと、相手は、ニッコリして、

「社長は、そう話しておりました」

「どういう人物なんでしょうかね？」

「私には、わかりませんが」

「その話は、どうなっているんですか？　うまくいっているんですか？」

十津川が、質問を続けていると、奥から、四十歳くらいの男が、出て来て、

「何のご用ですか？」

と、口を挟んできた。

受付の女子社員が、警察の方だと小声でいうと、男は、一瞬、険しい表情を作ってから、彼女を、奥に行かせ、

「副社長の五味《ごみ》といいますが、私が、ご用を承《うけたまわ》りますが」

　と、十津川を見、中村を、見た。

「ここは、七人の社員が、おられるんでしたね？」

　十津川は、部屋の中を見廻した。

「ええ。社長以下、七人です」

「二階には？」

「社長室がありますが、ただ今、仕事で外出しておりまして」

「台湾へ行っているそうですね？」

「うちの主な取引先は、台湾ですので」

「台中公司と、パンフレットには、ありますね？」

「そうです」

「ここに、朱さんという人が、社員として、いらっしゃいますね？」

「いますが、彼は、台中公司から、出向して来ているので、正確な意味では、うちの社員ではないんです。それで、七人の中には、入っておりません」

「何のために、出向して来ているんですか？」

「まあ、日本語も、勉強して貰いたいし、お互いに、社員を交換すれば、商売が、スムーズに行きますから」

「向こうに、台湾製の家具がありますね。拝見していいですか？」

「どうぞ」

と、五味は、いった。

十津川は、中村と二人で、展示してある家具や、雑貨を見て歩いた。民芸品もある。

「これは、確か、台中の日月潭の民族村で、売っているものですね？」

と、十津川は、竹製の茶托《ちゃたく》を指さした。

「よく、ご存知ですね」

五味が、肯いた。

「この間、向こうで、見て来たんですよ」

十津川は、わざと、そういった。

「よく、売れるんですか？」

中村が、きいた。

「おかげさまで、台湾製は、評判がいいんです。価格が安いので」

と、五味が、いった。

中村が、小声で、十津川に、「嘘だ」と、いった。十津川も、笑って、

「家具は、埃《ほこり》をかぶっているよ」

「何ですか？」

五味が、いらついて、きいた。

「ここの社長さんですが、吉崎さんでしたね？」

十津川は、民芸品を、手で触りながら、五味にきいた。

「そうです」

「K組の幹部の中に、吉崎公平という名前があったような記憶があるんですが、別人ですか？」

「いや、同一人です。社長は、ヤクザの仕事に嫌気がさして、すっぱりと、足を洗ったといっています。今は、全くK組とは、関係がありません」

と、五味は、いった。

「そりゃあ、良かった。あなたは、どうなんですか？」

「私ですか？」

「そうです。あなたも、吉崎さんと同じですか？　別に、それを非難しているわけじゃありませんがね」

十津川が、いうと、すぐには、五味は、返事をしなかった。一瞬間を置いてから、急

に、笑い声を立てて、

「私は、違いますよ。他の会社のサラリーマンでした。そこをリストラされて、ここの社長に、拾って貰ったんです」

「台湾に行ったことは、ありますか？」

「それは、仕事ですから、何回か、行ってますが」

「日月潭へ行ったことは？」

「あります。うちと、提携している向こうの会社が、台中にあって、日月潭は、台中の名所ですから」

「そこの少数民族の村に行ったことは？」

十津川が、きくと、五味は、きっとした顔になって、

「ちょっと待って下さいよ。何のために、いろいろと質問をするんですか？　私には、まるで訊問《じんもん》のような気がするんですがね」

「それは、失礼した。そんな気は、全くありません。私も、最近、日月潭に、行って来たものですからね」

「そうなんですか――」

「そうだ。私が、日月潭に行ったときですが、狙撃事件がありましてね。私の近くで、観

光客が、射たれたんですよ」

「――」

「あなたが、日月潭に行かれたときは、どうでしたか」

「何もありませんでしたよ」

「そうですか。最近、向こうも、物騒になったんですかねえ」

「私にきかれても、困りますよ」

五味は、怒ったように、いった。

3

その夜、十津川は、若い西本刑事を連れて、問題の雑居ビルに忍び込んだ。

「いいんですか？　こんなことをしても」

と、西本は、不安気だったが、十津川は、

「まさか、お宅に、久保寺夫婦を監禁していませんかと、きくわけにもいかないだろう」

と、笑った。

十津川が、一番心配しているのは、時間だった。

久保寺夫婦の失踪を、最初は、誘拐とは、考えなかった。だから、さほど、時間を気にしていなかったのだが、今は、誘拐と、考えている。

そうなると、時間が、心配になってくる。生死が、関係してくるからだった。

だから、十津川は、手段を選ばず、見つけ出そうと、考えたのである。

ビルの一階の裏口から、忍び込んだ。もちろん、部屋は、真っ暗である。

二人は、部屋の隅々まで調べたが、久保寺夫婦の姿は、なかった。

十津川たちは、二階にあがった。

ここにも、久保寺夫婦の姿は、なかった。

二人は、社長室に入った。十津川が、懐中電灯をつけて、社長室を、見廻した。

社長室らしくない社長室だった。今でも、K組との関係を示すかのように、K組の細長い提灯《ちょうちん》が、壁際に、並べてある。

台湾から買って来たのだろう、大きな大理石の亀の置き物が、飾ってある。縁起《えんぎ》物として、売られているものだった。

隅には、鎧《よろい》が、飾ってある。それに合わせたのか、日本刀の模造刀も、見つかった。

十津川は、手袋をはめた手で、机の引出しを開けてみた。

自然に、苦笑が、浮かぶのは、ナイフや、お守りが、いくつも、眼に入ったからだった。どうも貿易会社の社長の引出しとは思えない。

西本刑事が、キャビネットを調べていたが、急に、

「ちょっと、来て下さい」

と、呼んだ。

そこにあったのは、いわゆる帳簿だった。今年に入ってからの収支が、書き込まれている。

ざっと見ると、この会社は、殆《ほとん》ど、儲《もう》かっていないことが、わかった。

毎月、赤字なのだ。税金対策に、わざと、マイナスにしてあるとは、思えなかった。

多分、JT貿易は、表向きの事業では、赤字でも構わない、裏の仕事のカバーなのだろう。

「よく、こんな赤字で、会社をやっていけますね」

西本が、呆《あき》れたように、いう。

「だから、カムフラージュなのさ」

「覚醒剤の密輸入ですか？」

「それだけのために、作られた会社だと思っている。しかし、漁船を使っての密輸入が失敗した。そこで、台湾の名士と、日本のエリートサラリーマン、それに、奥さんは、その

名士の娘だという、この名声を使って、密輸入を考えたんだろう」

「近々、有力な顧問が来ることになったというのは、久保寺夫婦のことを、いってたんですかね？」

「他に、考えられないよ」

「それが上手《うま》く行かなかったので、荒っぽい手段を使ったということになるんでしょうか？」

「多分、そうだろう。問題は、誘拐して、何処に監禁したかなんだが」

十津川が、そういったとき、彼の携帯電話が、鳴った。

十津川は、電話を取り、小声で、

「私だ」

「台湾の亀井刑事から電話があって、至急、連絡してくれとのことです」

と、日下刑事が、いった。

二人は、ビルの外に出た。捜査本部に戻り、台湾のホテルに電話をかけた。

待っていた亀井が、すぐ、電話に出た。

「ミス・キャサリンが、失踪しました」

と、亀井が、いった。

十津川は、驚いて、

「失踪？　状況は？」

「まだ、どうなったか、くわしいことはわかりません。とにかく、ホテルから、いなくなりました。今朝になって、部屋にいないことが、わかりました」

「連れの日本人は、どうしたんだ？　浜口という助教授がいただろう？」

「彼は、一昨日、退院しまして、同じホテルの別の部屋に、泊まっていたんですが、彼女がいなくなったのに気付かなかったと、いっています」

「それでは、心配しているだろう？」

「それが、余り心配していないみたいです」

「なぜなんだ？」

「浜口さんにいわせると、ミス・キャサリンという女性は、野次馬根性のかたまりみたいなところがあり、特に、犯罪になると、すぐ、首を突っ込むというんです。今回も、そうではないかといっています」

「素人《しろうと》探偵か？」

「そうです。現実にも、京都で起きた殺人事件のいくつかを、彼女が、解決しているようです」

と、亀井は、いった。

「しかし、京都でなく、台湾だよ。第一、今回の事件には、暴力団が関係している可能性があるんだ。その先生も、少し、楽観的すぎるんじゃないかな」

「私も、そう思っていますが」

「朱刑事たちは、どうしているんだ？」

と、十津川は、きいた。

「何しろ、アメリカ副大統領の娘ですからね。台中の警察が、しゃかりきになって、探しています」

「それなら、少しは、安心だ」

と、十津川は、いってから、

「台中公司という会社を調べてくれないか。日本のJT貿易と、取引きをしている会社だ」

「JT貿易ですか？」

「この会社が、インチキ会社でね。K組が、覚醒剤密輸入のために作った、カムフラージュ会社だと思われるんだよ」

「すぐ、台中公司を調べてみます」

「浜口さんを狙撃した犯人は、まだ、見つからずか？」

「見つかっていません。朱刑事は、地元の札つきを調べたが、見つからない。台湾に入り込んでいる日本人のヤクザじゃないかと、いっています」

「その線も、大いに、あり得るね。東京で起きた事件と、関係がありそうだからな」

と、十津川は、いった。

「ミス・キャサリンの足取りがつかめたら、すぐ電話します」

と、亀井は、いった。

JT貿易の社員七人の経歴が、徹底的に、調べられた。

社長の吉崎と、副社長の五味は、やはり、K組の人間と、わかった。もう一人、杉山《すぎやま》明《あきら》という二十歳の社員も、同じく、K組の組員と、わかった。もちろん、三人とも、K組とは、現在は、無関係と主張しているが、これは、信じにくい。

他の四人は、新聞広告で、集められた社員だった。

もう一人、台湾人の朱徳之がいるが、これは、台中公司のことがわかれば、自然に、どんな人間か、わかってくるだろう。

「久保寺夫婦は、すでに、殺されてしまっているんではありませんか？」

と、若い西本刑事が、十津川に、きいた。

「その不安はあるが、私は、まだ、生きていると、思っている」

「なぜですか？」

「K組は、というか、JT貿易は、何とかして、久保寺夫婦と、台湾にいる白仁老人の名前が、欲しいんだよ。台湾から覚醒剤を密輸入するのに、その名前が、必要だからだ。奥さんの美麗さんに、運び屋をやらせてもいいからね。そういう人間を、簡単に殺したりはしないんじゃないか。脅《おど》したり、すかしたりして、何とか、ウンといわせようとしているんじゃないだろうか。連中が、そう思っている間に、助け出したいんだよ」

と、十津川は、いった。

夫婦が監禁されている場所を探すため、十津川は、副社長の五味と、もう一人、K組の人間と思える杉山の二人に、尾行をつけ、徹底的に、監視することにした。

そうしておいてから、十津川は、もう一度、JT貿易を訪ね、五味に会うと、

「今、人探しをしています。久保寺というM商事のサラリーマンと、奥さんの美麗さんです。行先を知りませんか？」

と、いった。

案の定、五味は、顔をしかめて、

「なぜ、私にきくんですか？」

「実は、この美麗さんというのは、台湾の日月潭に住む少数民族の首長の娘さんなんですよ。JT貿易が、台中の会社と提携していると聞いたので、ひょっとして、ご存知かと思いましてね」

「その夫婦は、どうしたんですか？　いなくなったんですか？」

「そうなんです。事件の参考人なんで、探しているんですが、見つかりません。それで、あらゆる手掛かりを探しているんですよ」

と、十津川は、いった。

「全く、知りませんね」

「そうですか？　おかしいな」

「おかしいというのは、どういうことですか？」

「実は、最近、横浜の税関に、久保寺と名乗って、台湾から送られた家具を、受け取りに来た人間がいるんですよ」

「それが、どうかしたんですか？」

「失礼ですが、このJT貿易の社員の一人と、顔が、似ているという目撃者の証言がありましてね」

十津川が、いうと、五味は、顔を赤くして、

「それが、はっきりしないんですが、とにかく、ＪＴ貿易の社員の一人に、似ているということなんです」

「うちの誰に似ているといったんです？」

「困りますねえ、そういういい加減なことをいわれては」

五味は、睨《にら》むように、十津川を見た。

「そうかも知れませんね。とにかく、私の方は、藁《わら》をも、つかみたい気持なんですよ。何かわかったら、すぐ、連絡して下さい。どんなことでも」

と、十津川は、いった。

これだけの圧力をかけておいて、十津川は、様子を見ることにした。

その一方で、横浜の税関に現われて、久保寺の保険証を見せた男のモンタージュを、神奈川県警に送ってくれるように、十津川は、頼んでおいた。

そのモンタージュが、神奈川県警から送られて来たのは、二日後だった。

そのモンタージュは、ＪＴ貿易社員の杉山明に似ていた。

しかし、このモンタージュだけで、杉山を逮捕することは、出来ない。

十津川は、そのモンタージュを、コピーし、封筒に入れ、無署名で、杉山明の自宅に、送りつけた。

こうして、どんどん、圧力をかけていけば、連中は、どうするだろうか？

十津川は、二人の尾行を強めていき、一人に対して、二人の刑事だったのを、四人に増員した。

杉山は、急に、台湾に向かって、出発して行った。台中公司へ、仕事の打ち合わせという理由をつけてである。

十津川は、台湾の亀井に、杉山が行くことを、知らせた。

その時に、ミス・キャサリンのことをきくと、亀井は、

「まだ、見つかりませんが、昨日、浜口さんに、電話で、連絡があったそうです。今、どうしても調べたいことがある。しかし、全く安全だといっていたそうです」

「それ、どういうことなんだ？」

十津川は、事情が、よく呑み込めなくて、きき直した。

「浜口助教授の話だと、よくあることだそうで、ミス・キャサリンは、彼や、京都府警の注意を無視して、自分で、走り廻ってしまうらしいのです。周囲は、心配するんですが、彼女は、ケロリとして、姿を現わすそうで、今回も、それではないかと、いっています」

「本当に、大丈夫なのかね？」

「ああいう、女性が、私は初めてなので、よくわかりません。何しろ、アメリカ副大統領

の娘さんですから、相手が、暴力団でも、簡単に殺せないとは思います。下手《へた》をすると、世界最強の国家を、相手にしなければなりませんから」

「そういわれれば、そうかも知れないが――」

と、亀井は、いった。

「台湾の警察は、それでも、必死で、彼女の行方を、探しています」

「そりゃあ、そうだろう」

「朱刑事なんかは、ジャジャ馬だと、怒っています」

と、亀井は、いった。

「台中公司のことは、何かわかったかね？」

「台中市内の雑居ビルの中に、確かに、同じ名前の会社が、存在します。一応、日台の合弁会社ということになっていました」

「日台合弁？　そんなに、大きいのか？」

「いえ。反対です。小さな会社ですが、社長が、台湾人、副社長が、日本人という構成で、社員は、全部で、五人しかおりません」

と、亀井は、いう。

「業務内容は？」

「家具、雑貨の輸出。それに、観光となっています」

「観光というと、台湾の中の観光ということか？」

「そうです。だいたい客は、日本人のようで、主として、台中周辺、日月潭などの観光案内です。そのために、マイクロバスを一台所有しています」

「社員の中に、朱徳之という社員がいると思うんだが」

「社員名簿に入っています。どんな人間か、これから、調べてみます。それから、東京のJT貿易との関係ですが、取引きがあることは、認めています。それと、JT貿易の社長の吉崎の件ですが、五日前に、台中公司に来たことはわかっていますが、現在、どこにいるか、わかりません」

「台中公司は、どういってるんだ？」

「もう、日本に、帰った筈だといっています。台湾人にいわせると、台中公司というのは、信用できない会社だそうです。家具を大量に買うというので、喜んでいると、急に、キャンセルしたりするそうです」

「表の商売は、そんな具合なんだろう。問題は、裏の商売だな」

「その点を、今、朱刑事たちが調べています」

と、亀井は、いった。

4

JT貿易の副社長、五味の動きが、おかしくなってきた。

五味は、一応、独身で、中央線《ちゅうおう》の三鷹《みたか》のマンションから、四谷の会社へ通っているのだが、会社に、泊まり込んで、自宅に、帰らないことが、あったりするようになった。

「われわれが、忍び込んだことが、わかったんじゃありませんか？」

西本が、いった。が、十津川は、笑って、

「それなら、しばらく、会社を、臨時休業にしてしまうだろう」

「じゃあ、なぜ、五味が、妙な動きを示しているんでしょうか？」

「捜査四課の話では、相つぐ摘発で、今、東京で、覚醒剤の供給が、ひっぱくしていて、値段が上がっているそうだ。K組も、焦《あせ》りを見せていると、いっている。K組は、覚醒剤に直接手を下さず、JT貿易にやらせているから、あの会社に、どうにかしろという指示が出ていることは、十分に考えられる」

「それで、五味の動きが、妙なわけですか？」

「私は、そう思っている。今、あの会社の社長の吉崎と、社員の杉山は、台湾にいる。その二人と、五味は、電話で連絡を取り、どうしたら、大量に、覚醒剤を、台湾から、密輸入できるか、相談しているんだと思う。ただ、五味は、われわれが、監視していることを知っているから、下手に動けば逮捕されると思っている筈だ」

「久保寺夫婦は、どうなりますか？」

日下刑事が、きいた。

「連中が、大量の覚醒剤の密輸入を考えているとすれば、かえって、久保寺夫婦の安全が確保されると、私は、考えているんだ。理由は、二つある。一つは、こういう大事な時に、殺してしまったりすれば、危険になると、連中は、思うだろうからだ。第二は、何とかして、久保寺夫婦を、密輸入に利用しようと考えているだろうからだ」

と、十津川は、いった。

「台湾でも、同じ動きを見せると、思われますか？」

「もちろん、連動する筈だ。向こうでは、台中公司が、こちらのJT貿易と相談して、動くと、思っている。その時に、問題になるのは、ミス・キャサリンのことだよ」

と、十津川は、いった。

「行方がわからないといわれていますが」

西本が、心配そうに、いった。

「どうも、彼女が、勝手に動き廻っているらしい。台湾警察も、困っているだろうが、向こうのマフィアも、或るいは、困っているんじゃないかね」

「なぜですか？」

「アメリカ副大統領の娘だからだよ。もし、マフィアが、彼女を殺したりしたら、台湾の警察も、面子《メンツ》にかけて、犯人を逮捕しようとするだろうし、アメリカ政府も、黙ってはいないだろう。今、台湾が一番頼りにしているのは、アメリカだからね」

「そうですね。台湾海峡に何かあれば、乗り出すのは、アメリカだけですから」

「だから、ミス・キャサリンが、勝手に動き廻っているのに、無事でいられるのは、そのせいだと、私は、思っている」

「台湾マフィアも、腫《は》れものに触るようにしているということですか？」

「そうだよ。ミス・キャサリン自身は、それが、わかっていないんじゃないかね」

「だとすると、浜口助教授が、狙われたというのは、どういうことになりますか？　ミス・キャサリンを狙って、外れたのではないということになりますね？」

「そうさ。現場でも、私は、いったんだが、犯人は、ミス・キャサリンを狙ったんじゃない。白仁老人か、浜口助教授本人を狙ったかどちらかだとね」

「どちらだと思っているんですか？」

「もちろん、白仁老人だ。多分、脅しをかけるつもりだったと、私は、思っている」

「脅しですか？」

「そうだ。連中は、白仁老人の名声を利用したいんだ。そのアプローチはしていると思う。だが、老人が、ウンといわないので、脅しをかけようとしたんじゃないかね。白仁老人は、狙われたのは、自分だと、すぐ、わかった筈だ」

「じゃあ、また、脅すんじゃありませんか？」

日下が、いった。

「ああ。久保寺夫婦が、日本で、連中に、誘拐されたと思われている。それをタネに、今度は、白仁老人を、脅すかも知れない。いや、すでに、脅しているだろうと思うね。娘の美麗さんを、人質に、取っているんだからね」

十津川は、重い口調になって、いった。

「人質を、どんな風に利用するつもりでしょうか？」

「わからんね」

と、十津川は、ぶっきらぼうに、いってから、

「白仁老人は、人格者だ。だが、大事な娘の命が、かかっているとなると、連中のいうことを聞くことも考えられる。まあ、それだけ、逆に、久保寺夫婦は、当分、安全だという

ことにもなるんだが」

「どこに、監禁されているんでしょう？」

西本が、壁にかかっている日本地図に、眼をやった。

「K組の勢力範囲は、関東地区だから、その範囲の何処かだろうとは、思うんだが」

「それでも、広いですよ」

と、西本は、いった。

「或るいは、逆に、東京都内かも知れない」

「五味が、人質のところへ行ってくれれば、いいんですがね」

「今は、自分が、監視されていることを知っているから、接触はしないだろう」

と、十津川は、いった。

台湾の亀井から、電話が入った。

「こちらで、動きがありました」

「台中公司がか？　それとも、ミス・キャサリンか？」

と、十津川は、きいた。

「正確にいうと、日月潭のツォウ族に、動きがあったんです」

「まさか、首長の白仁老人が、引退するとでもいうんじゃないだろうね？」

「そうじゃありません。あそこに、踊り子がいたでしょう？」

「ああ、民族衣裳で踊る娘たちだろう？　彼女たちが、どうしたんだ？」

「今度、日本へ、公演に行くことになりました」

「公演？　日本の誰が、呼んだんだ？」

と、十津川が、きいた。

「日本の民族文化事業団だということです」

「民族文化事業団？」

「ええ。なんでも、日本政府公認の団体だということです。踊り子が二十名。団長は、白仁老人です」

「なるほどね。何となく、わかって来たよ」

「それから、日本への旅行業務は、台中公司が、全て、引き受けるそうです」

と、亀井は、いった。

「いつ、日本へ来るんだ？」

「十一月一日から、十日間、日本の各地で、公演すると、いっています」

「一週間後じゃないか」

「そうです。それに、台湾政府が、後援者になっています。これは、団長の白仁老人に、敬意を表したのだと思います」

「台湾政府後援か」

「そうです」

「警察も、めったに、手を出せないということか」

と、十津川は、苦笑した。

十津川は、その電話のあと、すぐ、日本の、民族文化事業団という組織を、調べてみることにした。

確かに、その名前の事業団が、存在した。

しかも、公益法人だった。

設立されたのは、昭和二十八年である。その歴史を調べていくと、奇妙なことが、わかった。

昭和三十年頃までは、いろいろな仕事をやっている。各国の民族舞踊団を招いて、公演しているのだが、その後、何もやっていないのである。

いわゆる休眠法人なのだ。

もう一つ、理事長の名前が、次々に、変わっていて、現在は、白木《しらき》多三郎《たさぶろう》という名前だった。

十津川は、その住所を、西本と二人で、訪ねてみた。

中央線阿佐ヶ谷《あさや》駅近くのマンションの305号室に、「公益法人　民族文化事業団」の看板が、かかっていた。

ベルを鳴らすと、若い女性が、顔を出した。

「理事長にお会いしたい」

と、いうと、中へ通された。2DKの部屋で、六畳のリビングルームに、安物の応接セットが、置いてある。

七十歳くらいの老人が一人いて、その老人が十津川たちに向かって、

「理事長の白木です」

と、いい、名刺をくれた。

「いつから、理事長をやっておられるんですか？」

十津川がきくと、去年の十月からだという。

「その前は、どんな仕事をやられていたんですか？」

「N高校の教頭です。停年退職して、何か、有益な仕事をやりたいと思っていたら、この理事長を頼まれました。文化的な事業をやるということで、非常に満足しております」

と、白木は、嬉しそうに、いった。

「今、あなたと、向こうにいる女性の二人だけですか？」

「そうです。公益法人というのは、利益をあげることが、目的ではないので、十分です」

「今度、台湾から、民族舞踊団を、呼ぶそうですね？」

「そうなんです。有益な仕事なので、大変に、嬉しいと、思っています。まあ、今、ポスターを作成中です。出来あがりましたら、お送りしますよ」

「この話は、どこから、持ち込まれたんですか？」

「日月潭に住む、少数民族の白仁という人からです。何でも、首長だそうで、電話でも、一回、話しました。日本語の上手な方です」

と、白木は、いってから、何枚かの写真を、持ち出して来て、十津川に見せた。

十津川も、向こうで見たことのあるツォウ族の写真だった。

「これも、送って来ました。素朴ですが、そこが、いいと、思っております」

「この事業団の、本当の責任者は、どういう人ですか？」

と、十津川が、きくと、白木は、眉《まゆ》をひそめて、

「もちろん、私ですが」

「しかし、あなたは、誰かに、要請されて、去年、理事長になったんでしょう？」

「そうです」

「誰から、要請されたんです？」

「前の理事長です」

「その人は、どういう人ですか？」

「私と同じように、教職にいた方で、停年後、ここの理事長になられたと聞いています」

「月給は、誰から、貰っているんですか？」

と、西本が、きいた。

「ここには、基金があって、そこから、自動的に、支払われます」

「失礼ですが、いくらですか？」

「私が、十五万。向こうの女性が、十二万円です」

「安いですね」

「それでいいんです。金が欲しくて、ここの理事長になったわけじゃありませんから」

と、白木は、いった。

「このマンションは、誰の所有ですか？」

十津川が、部屋を見廻しながら、きいた。

「事業団が、ずっと、借りているんです。その部屋代も、同じように、基金から、自動的に振り込まれています」

「その基金というのは、いくらあるんですか?」

「知りません」

「理事長なのに?」

「私は、お金には、関心が、ありませんので」

と、白木は、また、笑った。

十津川は、捜査本部に戻ると、白木という男について、調べてみた。

N高校の教頭だったことは、本当だった。評判は、悪くなかった。どうやら、白木は、何も知らずに、理事長を引き受けたらしい。

問題の基金は、現在、千二百万、K銀行に預金されていた。銀行の話では、無くなると、振り込まれてくるという。山田太郎《やまだたろう》という個人名でである。いかにも、偽名くさい。

亀井から、また電話があって、

「ミス・キャサリンが、見つかりました」

と、嬉しそうな声で、いった。

「何処にいたんだ?」

「台北のアメリカ領事館です」

「領事館?」

「ずっと、そこにいたわけではないようですが、アメリカの有名な雑誌社のカメラマンとして、例の民族舞踊団に、同行して、日本へ行くことになったと、発表しました」

「カメラマン？　何だい？　それは」

「妙な具合ですが、ちゃんと、その雑誌社のカメラマンの身分証明書を、集まった台湾の記者たちに見せています」

「どうなってるのかね？」

「その記者会見の席で、民族舞踊団が、日本で成功したら、アメリカにも招待するように、アメリカ政府にも、働きかけると、話しています」

「ますます、一行に、重味が加わったことになるね」

「ええ。台湾政府も、壮行会を開くという熱の入れようになっています」

「となると、一行の世話をする台中公司には、警察も、手を出せなくなるんじゃないか？」

と、十津川は、いった。

「そうですね」

「連中が、その一行を使って、覚醒剤を、台湾から日本へ運ぼうとしていることは、明らかだよ。ミス・キャサリンが、それを助けているんじゃないのかね？」

「今のところ、そんな感じですが、浜口さんにいわせますと――」

「彼は、どうしているんだ？」

「元気です。ミス・キャサリンが、台北から、戻って来て、今、カメラで、日月潭の民族村や、踊り子の写真を、撮っていて、浜口さんは、その手伝いをしています」

「彼は、何だといっているんだ？」

「彼女は、賢明で、ドラッグに対して、嫌悪感を持っているから、犯罪者たちの手にのるようなことは、絶対にする筈がないと、いっています」

と、亀井は、いった。

「そうだといいんだがね」

と、十津川は、いった。

民族文化事業団から、ポスターが、十津川のところに、送られて来た。

十一月一日から、各地の公民館、老人ホームなどで、行なわれると、書かれている。

料金は、三百円、五百円、千円と、安い。ポスターには、

〈友好が第一なので、安い料金を設定しました〉

と、白木が、書き添えてあった。

日月潭や、踊り子たちのカラー写真も載っている。なかなか、立派なポスターだった。

「本当の後援者は、K組ですか？」

西本が、ポスターを見ながら、十津川に、きいた。

「だろうね。或るいは、JT貿易か。いずれにしろ、狙いは、覚醒剤だ」

と、十津川は、いった。

その日の捜査会議では、警察としての対応が、協議された。

「われわれの第一の目的は、覚醒剤が、密輸入されるのを防ぎ、犯人たちを逮捕することでなければなりません」

と、十津川は、いった。

「しかし、久保寺夫婦のことがあるんだろう？」

三上本部長が、いう。

「そうです。心配は、夫婦の命です」

「まだ、生きていると、思うんだな？」

「台湾の白仁老人が、こんな計画にのったのは、娘夫婦のことを、心配してだと思います。ですから、人質は、大事にしていると思います。唯一、白仁老人を思いのままに動かせるヒモですから」

「そうだな」

「ですから、全てを一度で、解決したい。そうしないと、人質が危いと思っています」

「大丈夫かね？」

と、三上が、きく。

「何としてでも、やって見せます」

十津川は、きっぱりと、いった。

第三章　ミス・キャサリン

1

白仁老人を団長とするツオウ族の一行は、十月三十一日、踊りの衣裳や、道具など、多数の荷物と一緒に、一万トンクラスのフェリーで、横浜に着いた。

一行には、台中公司の社員三人が、同行して来た。

日本側で、一行を迎えたのは、公益法人民族文化事業団である。七十歳の白木理事長と、他に、若い男が四人だった。

同じフェリーに、亀井や、朱刑事も、乗っていた。

ミス・キャサリンは、カメラ片手に、横浜港に迎えに出た民族文化事業団の職員や、船から降りるツオウ族の一行を、ぱちぱち、写真に、撮っていた。それを、浜口助教授が、半《なか》ば、楽しそうに、半ば、当惑した顔で、見守っている。

一行の持ち込んだ多数の荷物は、当然、横浜の税関で、調べるのだが、十津川は、三上本部長から、手加減してくれるように、頼んで貰っておいた。

多分、というより、まず間違いなく、一行の荷物の中には、大量の覚醒剤が、隠されている筈である。

だが、それが、摘発されたとたんに、人質になっている久保寺と、美麗夫婦は、報復に、殺されてしまうだろうと、考えられたからだった。

今回の公演は、日本側では、文部省が、後援することになって、文部省の課長が、一行を迎えて、歓迎の言葉を口にした。

それに対して、台湾政府が、この一行を支援する旨《むね》の親書が、白仁老人の手から、文部省の役人に渡された。

フェリーで、戻って来た亀井が、十津川の傍にやって来て、

「明日からの十日間ですね」

と、いった。

「朱刑事は、元気がないみたいだが」

十津川は、眼を走らせて、いった。朱刑事は、浜口と、埠頭《ふとう》で行なわれている歓迎の行事を、見守っていた。

「台中公司の人間が、三人来ていますが、その中に、朱徳之という男がいます」

「日本のＪＴ貿易との連絡に、行ったり来たりしている人間だろう」

「その朱徳之は、朱刑事のいとこなんですよ。台中公司は、明らかに、日本のＪＴ貿易と組んで、悪いことをしている。いとこが、その台中公司で働いているので、困っているのですよ」

「なるほどね」

と、十津川は、いった。

歓迎の行事は、まだ、続いている。神奈川県警の中にあるバンドが、歓迎のマーチを演奏していて、ミス・キャサリンが、相変わらず、カメラで、撮りまくっている。

「ミス・キャサリンは、張り切ってるね」

と、十津川は、いった。笑っているのだが、下手に探偵ごっこをやられて、危険なことになると、アメリカ副大統領の娘だけに、困ったことになると、思ってもいた。そんなことになったら、三上本部長が、パニックになってしまうだろう。

「今度の民族舞踊団の来日ですが、私は、台中公司が、ＪＴ貿易と共謀して、計画し、白仁老人にやらせたものだとばかり思っていたんですが」

亀井が、十津川に、いった。

「違うのか？」

「連中は、久保寺夫婦をタネに、白仁老人を脅して、何とかしろと、責めていただけのようなんです。そういわれても、白仁老人にも、どうしていいかわからない。ただ、娘夫婦のことを心配していただけのようなのです。そのとき、ミス・キャサリンが、白仁老人に、チエをつけたんです。民族舞踊団を結成して、日本公演をしたらどうかと」

「台中公司と、JT貿易が喜びそうなことを、すすめたわけか」

「そうなんです。もちろん、台中公司や、JT貿易は、大喜びですよ。何しろ、一行の荷物の中に、覚醒剤を隠して、日本に、簡単に持ち込めますから」

「ミス・キャサリンは、台北のアメリカ領事館に、いたんじゃないのか?」

「最初は、白仁老人の家に、もぐり込んで、老人にチエをつけ、そのあと、アメリカ領事館に行って、台湾政府のお墨付きが出るように、画策したみたいです。その上、自分は、アメリカの雑誌のカメラマンとして、一行と行動を共にすることに決めた。とにかく、行動力があるっていうのか、忙しい女性です」

と、亀井は、笑った。

「浜口助教授を狙撃した犯人の目星は、まだつかずか?」

「あれは、警部のいわれたように、本当に、狙ったのは、白仁老人のようです。朱刑事も、そう見ています。白仁老人を殺すのが目的でなく、負傷させて、脅す気だったんでしょう。犯人は、見つかっていませんが、多分、同じく、日本へ来ると思います」

「そうだろうね。犯人は、日本でだって、ちゃんとした役割がある筈だ」

と、十津川は、いった。

多分、それは、台中でより、なお、危険な役割ではないのか。別に、拳銃を、日本へ持ち込むというのではない。拳銃なんか、日本にだって、何万丁もある。当然、K組だって、所有している。だから、犯人は、拳銃の腕だけでもって、日本へ入って来るのだ。

白仁老人と、民族舞踊団の一行は、観光バスに分乗して、東京に向かった。

彼等の荷物は、三十トン積みの大型トラック二台に、積み込まれた。

「ずいぶん、荷物があるんだな？」

十津川は、感心したように、いった。

「何しろ、全財産持って、移動するようなものですからね。それに、友好のために、各地で配るおみやげも、積み込んであるみたいです」

亀井が、笑った。

今回の公演予定によれば、最初の五日間は、東京都内で開かれる。そのあとは、京都と神戸である。

神戸が選ばれたのは、大震災からの復興を、手助けするためで、無料チャリティ公演と、なっている。

「東京都内の五日間が、勝負だと思います」

と、亀井が、いった。

「同感だね。その五日間に、あの荷物の中に隠されている覚醒剤が、抜き取られて、K組に渡ることになっているんだろう」

「警察の警備は、どうなっているんですか？」

「台湾の民族舞踊団の公演反対、断乎《だんこ》粉砕するという脅迫の手紙が、文部省と、例の公益法人に、送られて来た」

「本当ですか？」

「本当さ。何しろ、私が、書いて、送りつけたんだから」

と、十津川は、笑って、

「おかげで、われわれが、一行の警備に当たることになった。台湾の朱刑事も一緒だ」

「やりますね」

「何しろ、人命がかかっているからね」

十津川が、いったとき、黒塗りのキャデラックが、星条旗と、アメリカの出版社の旗をフロントの両側につけて、一行を追いかけるように走り出した。

そのキャデラックには、ミス・キャサリンと、浜口が乗っていた。

十津川は、思わず、苦笑して、

「参ったね」

「彼女、スポーツ感覚で、犯罪と、やり合う気ですよ」

と、亀井が、いった。

二人は、朱刑事を、覆面パトカーに案内し、少しおくれて、東京に向かって、走り出した。

一行のバスや、大型トラックには、正式なパトカーが、先導に当たり、覆面パトカー三台も、同行している筈だった。

その覆面パトカーから、西本刑事たちが、刻々と、一行の動きを、十津川の車に、連絡してくる。

「今のところ、何もないようです」

と、十津川は、朱刑事に、いった。

朱刑事も、

「まさか、日本に着いた日に、犯人たちは、事は起こさないでしょう。様子を見てから、動くと、思います」

と、いった。

今回、一行は、四谷のOホテルに泊まることになっていた。

問題の荷物も、トラックごと、Oホテルの駐車場に、駐車することになっている。

明日十一月一日の第一回の公演は、四谷の公会堂で開かれる。

十津川たちが、Oホテルに着いたときには、白仁老人や、舞踊団の一行は、すでに、ホテル内に入っていた。

駐車場の二台の大型トラックには、西本たち四人の刑事が、同じ駐車場にとめた覆面パトカーから、徹夜で、監視に当たることになっている。

「あなたは、どうしますか？」

と、十津川は、朱刑事に、きいた。

「同じOホテルに泊まるのなら、部屋をとりますし、われわれと一緒で良ければ、四谷署に来て下さい」

「今夜は、Oホテルに泊まります。台中公司の三人も、ホテルでしょう？」

「そうです」

「それなら、今夜、いとこの朱徳之に会って、話し合いたいのです。悪い連中と手を切れと説得してみます」

と、朱刑事は、いった。

2

四谷公会堂で開かれた、第一日目は、珍しさと、安い入場料のせいか、ほぼ、満員の盛況だった。

キャサリンは、報道のカードを胸につけ、カメラを片手に動き廻った。浜口は、まるで、その助手という恰好《かっこう》で、彼女について廻った。

一日二回公演の一回目が終わったとき、一人の日本人の女性が、大きな花束と、プレゼントを持って、団長の白仁老人に近づき、その二つを渡した。

白仁老人は、日本語で、「ありがとう」と、いった。

キャサリンは、舞台の袖《そで》から、その光景を、カメラに、おさめながら、傍にいる浜口に、

「あの女の人を、尾行して」

「なぜです？　ただのファンですよ」

「普通なら、プレゼントや花束は、踊り子に渡す筈だわ。踊り子が主役なんだから。とに

かく、尾行してみて。早くしないと、彼女、どこかへ行っちゃうわよ」

キャサリンが、いった。浜口は、あわてて、舞台から、飛びおりた。

二回目の途中で、浜口が、戻って来た。

「彼女、中野《なかの》のマンションに帰りましたよ。タクシーでね。スカイコーポ中野の502号室、木暮《こぐれ》みどりという名前です。管理人にきいても、別に、あやしいところはないみたいですけどね。管理人によると、彼女は看護婦だそうです」

浜口が、報告すると、キャサリンは、カメラのフィルムを交換しながら、

「彼女が、白仁老人に、花束と一緒に渡したプレゼントがあったでしょう。あれが、何だったか、わかったわ」

「日本人形か何かですか？」

「大外れ。携帯電話よ」

「どうしてわかったんですか？」

「一回目の公演まで、何も持っていないのに、今は、携帯電話を持ってるわ。犯人たちが、直接、白仁老人に指示を与えるために、携帯電話を渡したのよ」

「警察に知らせますか？」

「ミスター・十津川に、知らせて下さい。あなたが、尾行した女のことも一緒に」

と、キャサリンは、いった。

浜口は、公会堂の中に、十津川を探し、キャサリンの伝言を伝えた。

とたんに、十津川の表情が、緊張した。

「すぐ、木暮みどりという女のことを調べましょう」

と、十津川は、いってから、

「ミス・キャサリンに、こういって下さい。なかなかやりますねと」

浜口は、キャサリンの傍に戻って、十津川の言葉を伝えた。

「喜んでいましたよ。これで、何とか、人質の居所がわかれば、いいんですが」

「ここがアメリカなら、白仁老人の身体に、小型の盗聴器をくっつけて、犯人からの連絡を聞けるんだけど」

キャサリンは、いまいましげに、いった。

「しかし、ここは、日本ですよ。日本では、盗聴は、罪になるんです」

「でも、アキハバラに行けば、盗聴器は、いくらでも、売ってるんでしょう？　日本って変な国ね。法律で禁止されているのに、盗聴器は堂々と、売られているし、銃は、規制されているのに、日本のマフィアは、何万丁って、拳銃を持っているんでしょう？」

「そうです。日本は、いいかげんな国です。しかし、僕は、このいいかげんさが好きなんですよ」

と、浜口は、いった。

キャサリンは、小さく、首をすくめて、

「愛国者ね」

「そうですかね」

「日本人って、照れながら、愛国を口にするのね」

キャサリンがいったとき、大きな拍手が起きた。二回目の公演が、終わったのだ。

キャサリンは、腕時計に眼をやって、

「今日は、七時に、ホテルのレストランで、食事だったわね？」

「ええ。予約しておきました」

「それまでに、ちょっと、行って来たいところがあるんだけど」

「何処へ行くんです？」

「それは、内緒」

キャサリンは、笑い、カメラを、浜口に預けて、さっさと、公会堂を出て行った。

キャサリンが、なかなか戻って来ないので、浜口は、先に、Ｏホテルに戻った。

白仁老人や、舞踊団の一行も、ホテルに戻った。今日も、Ｏホテルに泊まり、明日の十一月二日は、日比谷《ひびや》公会堂で、公演する予定だった。

キャサリンは、七時ぎりぎりに、ホテルに戻って来た。

浜口と二人で十一階のレストランで、夕食をとった。

窓際に腰を下ろすと、東京の夜景が、一望できた。

「何処へ行って来たんです？」

と、浜口が、食事の途中で、きくと、キャサリンは、ハンドバッグから、男物の腕時計を取り出して、テーブルに置いた。

「僕は、時計を持っていますよ」

浜口が、腕を出して見せると、

「バカね。これは、白仁老人へのプレゼント。あの人、腕時計を持っていないみたいだから」

と、キャサリンは、いった。

「持っていますよ」

「でも、今の腕時計は、似合わないわ。この方が、ぴったり」

「ミス・キャサリン」

「何なの？　怖い顔をして」

「この腕時計ですが、まさか、盗聴器が、組み込まれているんじゃないでしょうね？」

「どうして？」

「いいですか？　アメリカでは許可されていても、日本では、盗聴は、罪なんですよ」

「あなたは、日本人だから、そう考えるのね」

「違いますよ。あなただって、日本にいる間は、日本の法律に従う義務があるんですよ。そんなことは、よくわかっている筈ですがね」

浜口は、怒った顔で、いった。

キャサリンは、微笑して、

「私には、外交官特権があるの」

「よして下さいよ。お父さんが、アメリカの副大統領だからって、今は、ただの一市民の筈ですよ」

「それが違うの」

「どう違うんです？」

「アキハバラの帰りに、アメリカ大使館に寄って来たわ。そこで、臨時の大使館員に、採用して貰ったのよ。つまり、現地採用ってわけ」

キャサリンは、その辞令を、取り出して、浜口に見せた。

確かに、採用の辞令で、駐日アメリカ大使のサインもあった。

浜口は、改めて、彼女の行動力に感心しながら、

「しかし、大使館の職員として、何をやるんです?」

「インフォメーション。アメリカの本当の姿を、日本人に、紹介する仕事。そうだ、白仁老人の一行にも、次に、アメリカで公演して欲しいという駐日アメリカ大使の言葉も伝えてくれと、いわれていたの」

「本当ですか?」

「私は、嘘はいわないわ」

キャサリンは、今度は封書を取り出した。

アメリカ大使館で使用している封筒で、中には、日本の公演が終了したあと、ぜひ、アメリカ大使館に立ち寄って頂きたいという、駐日アメリカ大使の言葉が、タイプされ、サインがしてあった。

「食事をすませたら、これを、白仁老人に渡して来るわ。そのとき、アメリカ大使からの敬意の印として、この腕時計を、進呈するつもり」

と、キャサリンは、いった。

「少しやり過ぎじゃありませんか?」

浜口が、心配して、いった。

「犯人は、白仁老人に、連絡用の携帯電話を持たせたのよ。犯行が、近いということだわ。それは、白仁老人の娘夫婦の生命《いのち》も、危いということでしょう？　少し危険でも、やらなければならないわ」

と、キャサリンは、いう。

「僕は、どうしたら、いいんです？」

「これを、持っていて欲しいわ」

キャサリンは、これも、秋葉原《あきはばら》で買ったという、小型の受信機を、取り出して、浜口に渡した。

「盗聴器との波長は、合わせてあるの。今から、それをポケットに入れて、イヤホーンで、聞いていて欲しいわ」

否応《いやおう》のないいい方だった。

浜口は、その受信機のスイッチを入れ、イヤホーンを耳にさした。

キャサリンは、腕時計に向かって、小声で、

「聞こえます？」

「聞こえます」

「ミスター・浜口。愛しているわ」

「え？」

「今のは、ただのマイクのテストです」

キャサリンは、いたずらっぽく、笑って見せた。

3

動きのないまま、来日二日目の夜が更《ふ》けていく。

朱刑事は、十津川に向かって、口惜《くや》しそうに、

「いとこの説得は、うまくいきませんでした。どうしても、お金が欲しいというのです。台湾人も、今は、お金万能の病気に、かかっています」

「日本人も同じですよ。だから、誘拐までして、金になる覚醒剤を、手に入れようとしているんです」

と、十津川は、いった。

この夜、四谷警察署で、朱刑事も入れて、捜査会議が開かれた。

「ええ、キャサリンの知らせで、犯人たちが、携帯電話を、白仁老人に渡したことがわか

りました。犯人は、それを使って、老人に、指示を与えるつもりだと思います」

と、十津川は、話した。

「それは、犯行が近いということか？」

と、三上本部長が、きく。

「そう思っていた方がいいと、思います」

「思い切って、一行の荷物を押さえてしまったらどうなんだ？　覚醒剤が、隠されていることは、間違いないんだろう？」

「そんなことをしたら、間違いなく、人質になっている久保寺夫婦は、殺されます」

と、十津川は、いった。

「何の手掛かりもないのかね？」

「白仁老人に、携帯電話を渡した女を、今、田中《たなか》と、片山《かたやま》の二人が、見張っています。木暮みどりという二十五、六歳の女で、看護婦です」

「彼女が、犯人とつながっているというのかね？」

「つながっていると思って、監視しています。うまくいけば、久保寺夫婦の監禁場所が、わかるかも知れません」

と、十津川は、いった。

「どうして、わかると思うのかね？」

「久保寺夫婦は、連中にとって、大きな人質です。それに、奥さんの美麗さんは、妊娠五カ月です。そんな夫婦を、男だけで、監視しているわけにはいかないと思うのです。女性が、それも、万一の時に、助けられる女性が、必要です。看護婦というのは、ぴったりじゃないかと思うのです」

「その女が、久保寺夫婦を監禁している犯人たちの一人だというのかね？」

「可能性は、大きいと、思っています」

と、十津川は、いった。

だが、木暮みどりを監視している田中たちから、彼女が動いたという報告は、なかなか、入らなかった。

十一月二日になった。

今日は、日比谷公会堂での公演である。NHKテレビが、中継するというので、踊り子の一行は、張り切っていた。

ミス・キャサリンは、今日も、カメラを片手に、動き廻ることになりそうだった。昨日と違っているのは、助手役の浜口で、耳にイヤホーンをつけていた。

昨夜、ミス・キャサリンは、上手に、白仁老人に、アメリカ大使の手紙を渡し、あの腕時計を、付けさせることに成功したらしく、浜口のイヤホーンに、どんどん、白仁老人の声が、入ってくる。

今は、踊り子たちに、注意を与えているらしく、ツオウ族の言葉なので、浜口には、全くわからない。踊り子の言葉もである。

「何かいってる？」

と、カメラをのぞきながら、キャサリンが、きく。

「ツオウ族の言葉だから、全くわかりませんよ。もし携帯を使っての犯人からの指示が、ツオウ族の言葉で、老人の返事も、同じだったら、どうするんです？　何のことか、わかりませんよ」

浜口が、心配していると、キャサリンは、事もなげに、

「あなたのポケットに入っている受信機だけど、テープで、録音する機能もついているの。だから、マイクが拾った音は、全て、録音されてるのよ。現地の言葉でわからなくても、朱刑事にテープを聞いて貰えば、わかる筈だわ」

「抜け目がありませんね」

「私に感心するよりも、日本の技術に感心しなさい。小さい受信機に、これだけの機能を持たせたんだから」

と、キャサリンは、いった。

今日も、午前と午後の二回公演である。

十津川は、亀井や、朱刑事と一緒に、日比谷公会堂に詰めながら、絶えず、田中と片山からの連絡を、待っていた。

「今、木暮みどりが、マンションを出ました」

と、田中が、携帯で、知らせてきた。
十二、三分して、二度目の連絡が入った。
「木暮みどりは、今、勤務先と思われる病院に着いたところです。別に怪しいところはありません。普通の病院です」

「何処の何という病院だ？」

「東中野の林《はやし》病院です。かなり大きな病院で、内科、外科、産婦人科があります」

「その病院について、調べてみろ」

と、十津川は、いった。

「わかりました」

田中が、肯いて、電話を切った。

十津川は、何となく、それだけでは、心もとなく感じて、

「カメさんも行ってくれ」

と、亀井に、いった。

亀井が、別の覆面パトカーに乗りかえて、東中野に向かった。

日比谷公会堂の方は、無事に、第一回を終わった。

浜口のイヤホーンには、犯人からの指示と思われるものは、聞こえて来ない。

公会堂の外に駐《と》めたトラックからは、踊り子の衣裳や、観客に、抽選で配られる竹細工《たけざいく》などが、運び出されたが、覚醒剤は、まだ、見つからずにいる。西本たちが、監視しているので、簡単には、持ち出せないのだ。

第二回の公演が終わる頃になって、田中や片山刑事と合流した亀井から、連絡が入った。

「林病院ですが、今の院長で、二代目です。先代の院長の時は、経営もうまくいっていたそうですが、亡《な》くなって、今の林広之《ひろゆき》院長になって、株に手を出したり、女に使ったりで、現在は、思わしくありません。三億近い借金があるといわれています。それも、危いところから、かなりの金を借りている様子です」

と、亀井は、いった。

「暴力団に、つけ込まれる余地があるということだね？」

「そうです。今に、病院が乗っ取られる。いや、もう乗っ取られているんじゃないかという噂があります」

「入院できる病院なのか？」

「十五のベッドがあります」

「特別室があるのか？」

「ありますが、今は、誰もそこに入院していないということです。現在、改装中とかで」

「久保寺夫婦は、そこに監禁されているのかも知れないな。産婦人科があるんなら、最適の監禁場所だ」

「令状を取って、家宅捜索をしてみますか？」

「いや、その前に、徹底的に、聞き込みをやってくれ。出来れば、こちらと、同時に、一度に片付けたいんだ」

「わかりました」

「いざという時は、こちらから、合図する」

と、十津川は、いった。

4

その日の夜、Oホテルに戻ったあと、浜口のイヤホーンに、初めて、引っ掛かる声を聞いた。

白仁老人が、携帯電話を使っているのだ。

もちろん、かけて来ている相手の声は、聞こえない。白仁老人は、日本語で、話していた。

「私は、白仁爺だ」

と、白仁老人が、いう。

「――」

相手が、何かいう。

「明日か？」

「――」

「次の場所は、八王子《はちおうじ》だが、私は、どんなところか、よく知らない」

「――」

「わかった。その途中だな?」

「――」

「合図があるんだな?」

「――」

「私の娘と、婿は、無事なんだろうね?」

「――」

「もし、そうでなければ、私は、言うことは、きかないぞ」

「――」

「二人さえ、無事なら、私は、どうなってもいいんだ」

「――」

「合図があったら、前にいわれた通りに動けばいいんだろう?」

「――」

「いわれた通りにやる。だが、その代わり、娘夫婦は、絶対に、無事に返してくれ。頼む」

「――」

「わかっている。くどくどいうな!」

白仁老人の怒った声で、電話は、切れたらしい。

浜口は、あわてて、キャサリンの部屋に行くと、録音された今の声を、聞かせた。

キャサリンは、生き生きとした眼になって、

「いよいよ、始まるわね」

「警察に委《まか》せたら、どうですか？　十津川警部に、知らせたら、喜びますよ」

「知らせるのは、賛成。ここは、東京だから」

キャサリンは、あっさりと、肯いた。浜口は、彼女の気の変わらない中《うち》にと、すぐ、十津川に連絡した。

十津川が、すぐ、駈《か》けつけて来た。

浜口が、彼にも、テープを聞かせる。キャサリンは、ベッドに腰を下ろして、何か考えていた。

十津川の眼が、きらりと、光る。

「盗聴ですか？」

「ええ」

「盗聴というのは、日本では――」

と、十津川は、いいかけてから、ちらりと、キャサリンに眼をやって、

「ああ、外交官特権？」

「彼女、今、アメリカ大使館の広報職員になっているんです」

「なるほどねえ。私の方も、お礼に、情報を一つ差しあげましょう。東中野にある林病院に、まだ、証拠はありませんが、白仁老人の娘夫婦が、監禁されているようです」

「間違いないんですか？」

「八十パーセントはね。刑事二人が、その病院を、監視しています」

「ミスター・十津川」

と、キャサリンが、眼を向けた。長い両脚を、ベッドに投げ出し、壁に、頭をもたせかけている。

「何ですか？」

「八王子って、ここから遠いんですか？」

「車で、一時間くらいですかね」

「ルートは？」

「簡単ですよ。首都高速で、新宿へ出て、あとは、そのまま中央高速を、まっすぐ、西へ向かえばいいんです」

「交通量は？」

「多いんじゃないかな」

「警察は、当然、一行を、護衛していくんでしょう？」

「ええ」

「そんな中で、犯人たちは、何をやる気かしら？」

「何をって、覚醒剤を、持ち去る気でしょう」

「どうやって？」

「どうやってですかねえ？　私にも、わかりません」

十津川は、正直に、いった。

「白仁老人は、合図があったら、何をやる気かしら？」

「それも、わかりません。それに、娘夫婦が、人質にとられてるんだから、きいても、教えないと思います。われわれだって、強制的に、答えさせるわけにもいきません」

と、十津川は、いった。

「ピストルを貸してくれませんか」

キャサリンが、突然、いった。

「とんでもない」

「でも、ミスター・浜口を、日月潭《リーユエタン》で狙撃した犯人は、日本に来ている可能性があるんでしょう？」

「来ていると、思っています」

「そんな人間は、日本でだって、簡単に、ピストルを、手に入れるわ」

「でしょうね」

「また、ミスター・浜口が、射たれるかも知れないわ。私は、ピストルで、彼を守ってやりたい」

「ちょっと待って下さい」

十津川と、浜口が、同時に、同じことを、いった。

「僕が、あなたを守りますよ」

と、浜口が、いい、十津川は、

「とにかく、お二人とも、危いことはしないで、警察に委せて下さい」

と、いった。

「私は、大丈夫」

キャサリンが、いう。

「まさか、大使館で、ピストルを、手に入れて来たんじゃないでしょうね？　銃については、外交官特権は、認めませんよ」

十津川が、いうと、キャサリンは、ベッドから、おり、ショルダーバッグから、いきなり、黒光りする拳銃を取り出した。

銃口を十津川に向けて、

「フリーズ！」

と、叫んだ。

一瞬、十津川の顔色が変わる。それを見て、キャサリンは、ニヤッとして、

「これ、日本製のモデルガン。よく出来てるんで、おみやげに買ったの」

「まさか、それで、犯人と、戦おうなんて考えてるんじゃないでしょうね。犯人が、ピストルを持っていたら、それは、本物なんですよ」

十津川は、怒った声でいい、浜口を、部屋の外に、連れ出して、

「ミス・キャサリンは、いったい、何を考えてるんですか？」

「僕にもわかりません」

「犯人は、アメリカ副大統領の娘だって、敬意は、払いませんよ」

と、十津川は、いった。

5

翌日の午前十時。

一行は、Oホテルを出発し、八王子に向かった。

ミス・キャサリンは、キャデラックを返してしまい、今日は、浜口と二人、白仁老人や、踊り子と一緒の大型バスに、乗り込んだ。

今日は、車内の一行の取材をするつもりなのだ。

バスには、他に、台中公司の人間一人と、JT貿易の一人が、乗っている。

バスのあとには、一行の荷物を積んだトラック二台が、続く。

今日は、パトカーの先導は、なくなっていたが、その代わりに、十津川たちが、三台の覆面パトカーで、あとに、続いている。

十津川は、パトカーの中で、不機嫌《ふきげん》だった。ミス・キャサリンが、白仁老人と一緒のバスに乗り込んだからだった。

アメリカ副大統領の娘だし、今は、アメリカ大使館の職員だから、力ずくで、止めるわけにはいかない。だから、余計に、腹が立ってくるのだ。

「典型的なジャジャ馬ですね」

と、亀井は、当惑した顔で、いう。

「自分一人で、事件を解決する気でいる」

「ええ」

「それが、全く的外《まとはず》れなことをしてくれてれば、まだいいんだが、妙に、ずばりと、核心に触れるから、危険なんだ」

と、十津川は、いった。

林病院を監視している田中と、片山の両刑事から、連絡が、入ってくる。

「林病院ですが、ますます、怪しくなってきました。問題の特別室ですが、改装している気配《けはい》はありません。前に改装したという業者に会ってきくと、精神病の患者を入れるとかで、窓に鉄格子をはめ、ドアに鍵《かぎ》をつけた。それだけの改装だったと、いっています」

田中が、緊張した声で、いった。

「医者や、看護婦、それに、患者の様子は、どうなんだ?」

「院長と他に医者が一人、看護婦も、木暮みどりの他に、もう一人いるだけです。病院の評判が悪いので、患者も来なくなっていますね。院長以外の医者ですが、眼つきがよくありません。或るいは、K組の人間かも知れません」

「入院患者は？」

「それも、よく聞くと、今、入院しているのは、身寄りのない、痴呆症の老人が二人だけみたいです。あれで、よく、まだ、閉鎖されずにいると、近所の人たちは、不思議がっています」

「もう、実質は、倒産しているのかも知れないな」

「そうです。久保寺夫婦を、監禁しているだけの病院じゃないかと思います。踏み込ませて下さい」

「今日中には、やって貰うが、もう少し待て。こっちも、今日中に動きそうなんだ」

と、十津川は、いった。

先頭を行くバスの中では、キャサリンが、しきりに、窓の外を見ていた。

彼女にとって、初めての景色であり、中央高速である。

（この中央高速の何処で、犯人たちは、仕掛ける気なのか？）

そればかりが、気になっていた。一度でも来たことのある場所なら、凡《およ》その見当がつくのだが、何しろ、展開する景色が、全て、生まれて初めて見るものばかりである。それに、アメリカのハイウェイとは、違っている。ここまでの首都高速には、やたらに、出口がある。

突然、白仁老人の携帯電話が、鳴った。すぐ切れて、もう一度、鳴った。

(合図！)

と、キャサリンは、直感した。

白仁老人が、運転手に向かって、

「止めて下さい！」

と、大きな声で、いった。ブレーキが踏まれて、バスが、停車する。

後続のトラックが、バスを追い越して行く。

とたんに、台中公司の人間と、JT貿易の男が、バスの窓から、発煙筒を、一つ、二つと、道路に投げ捨てた。

もうもうと、白煙が、立ちこめる。

「どうしたんだ？」

バスの運転手が、二人を睨んで、怒鳴った。JT貿易の男が、いきなり、運転手を殴りつけ、自分が、運転席にもぐり込むと、アクセルを踏み、ハンドルを、大きく回した。

長い大型バスの車体が、半回転して、道路をふさいでしまった。

その間に、一行の荷物を積んだ二台のトラックは、先に進んでしまい、後続の車は、バスが邪魔で、動けなくなった。その中に、十津川たちの覆面パトカー三台も入っていた。

その車が、けたたましい警笛を鳴らす。

だが、運転席の男は、バスのキーを抜いて、それを、窓から、放り投げてしまった。

踊り子たちは、悲鳴をあげている。

白仁老人は、床に、しゃがみ込んでしまっている。

キャサリンは、やおら、ピストルを取り出すと、運転席にいる男に向かって、銃口を突きつけ、

「車から、降りなさい！」

と、命じた。

男は、ぎょっとして、キャサリンを見た。台中公司の男が、

「それ、モデルガンだよ！」

と、妙なアクセントの日本語で叫んだ。

ＪＴ貿易の男が、ニヤッとして、

「アメリカさん。変な火遊びは、止《ゃ》めた方がいいな」

と、いい、手を伸ばして、ピストルを、取りあげようとした。

キャサリンは、いきなり、引金をひいた。

とたんに、銃口から、猛烈な勢いで、催涙ガスが、噴出した。

それを、顔に浴びて、男は、悲鳴をあげて、うずくまってしまった。

それを見て、助けようとする台中公司の男を、浜口が、殴りつけた。日頃、ボクシングの練習をしているのが役に立って、右のストレートが、男の顎《あご》をとらえ、相手は、がくんと、膝《ひざ》を折り、その場に、崩れ落ちた。

「車のキーを、お願い！」

と、キャサリンが、ピストルを持ったまま、叫ぶ。

浜口が、バスから飛び降り、道路に落ちているキーを拾って、窓から、キャサリンに放った。

その間も、十津川たちのパトカーが、警笛を鳴らし続けている。

キャサリンは、運転手を見たが、まだ、頭を押さえている。キャサリンは、二人の男を、運転席から、引きずり出し、代わりに、腰を下ろすと、キーを差し込んだ。

思い切りアクセルを踏み、バスを、元に戻した。

とたんに、三台のパトカーが、白煙を突っ切り、バスの横をすり抜けて行った。

十津川は、携帯電話で、田中刑事に、呼びかけた。

「すぐ、林病院に、突入しろ！」

パトカー三台は、サイレンを鳴らして、スピードをあげた。

前方に、トラックの一台が、止まっていて、運転手が、降りて、タイヤを見ている。

十津川は、パトカーを止めて、

「どうしたんだ！」

と、怒鳴った。

「タイヤをやられちまったよ」

「何だって？」

「変な車が、横に来て、いきなり、射たれたんだ。殺されるかと思ったよ」

と、運転手が、いう。なるほど、タイヤ二本が、ずたずたになっている。五、六発射たれたのだろう。

「もう一台のトラックは？」

「先に行っちまったよ」

運転手の言葉が終わらない中に、三台のパトカーは、スタートしていた。再び、サイレンが鳴りひびく。

だが、なかなか、先行するトラックが、見つからない。

十津川は、他の二台のパトカーに、八王子インターに向かうように指示しておいて、彼と、亀井の車は、途中のインターを、調べて行った。

もう一台のトラックに積まれた荷物の方に、覚醒剤が、隠してあるのだろう。そのトラックを、脇道に誘い込んで、覚醒剤を、持ち去る気かも知れない。

田中の電話が、飛び込んでくる。

「病院の特別室で、久保寺夫妻を発見しました。元気ですが、念のため、救急車を呼んで、他のちゃんとした病院へ送りました」

田中の声は、弾《はず》んでいる。

「そのことを、白仁老人に、知らせてやれ」

十津川は、大声で、いった。

だが、こちらのトラックの方は、見つからない。

八王子に向かった二台のパトカーが、戻って来て、無線で伝える。

「百五十キロで飛ばしましたが、トラックは、見つかりません。途中のインターで降りたのは、間違いありません」

と、三田村や、西本たちが、口々に、十津川に、いう。

しかし、いちいち、インターの周辺をのぞいていても、間に合わない。

十津川は、決断した。

次の国立《くにたち》・府中《ふちゅう》インターでおり、大型トラックが通れる脇道があったら、構わず、一台ずつ、パトカーを、突っ込ませることにした。

その先に、問題のトラックがいるかどうか、わからない。だから、賭《か》けだった。

しかし、犯人たちは、中央高速と並行して西へ向かう甲州街道を逃げれば、追いつかれる、一刻も早く、脇道に逃げ込みたいと、考えた筈である。

十津川は、西本と日下のパトカーを、最初の脇道に、突っ込ませ、次に、三田村と北条早苗のパトカー、三番目の脇道は、十津川と亀井のパトカーが、分担した。

もし、犯人たちが、四番目の脇道に入ったのなら、それで、アウトである。十津川は、綜合司令室に連絡し、他のパトカーの助けを、要請した。

だが、三田村たちのパトカーが、トラックを発見したと、連絡して来た。

十津川は、地図を調べ、何とか、その脇道へ合流できる路地を見つけて、亀井に、パトカーを、走り込ませた。

西本と日下のパトカーも、同じ行動をとった筈だった。もし、適当な路地がなければ、甲州街道に戻ってから、第二の脇道に、突っ込んで来るだろう。

十津川は、車の中で、拳銃を取り出して、安全装置を外した。

拳銃を射つのは、何年ぶりだろう。

前方で、乾いた銃の発射音が、聞こえた。

「カメさん、急げ！」

と、思わず、叫ぶ。

小さな神社が、見えた。その境内《けいだい》に、あの大型トラックが止まっている。

その横に、四台の車が横付けされ、男たちが、トラックから、隠した覚醒剤を、取り出し、積みかえているところに、三田村と早苗が、追いついたらしい。

銃撃戦になっていた。

そこに、十津川と、亀井が、加わり、十二、三分して、西本と日下のパトカーも、駈けつけた。

銃撃戦は、なかなか、命中するものではない。だが、犯人たちの身動きを止めることは出来る。

十津川は、無線を使って、この場所を、伝えた。

最初の中《うち》、犯人たちの人数の方が多く、とても制圧することは出来なかったが、やがて、サイレンの音が聞こえ、一台、二台と、応援のパトカーが駈けつけた。

そして、優劣を決定的にしたのは、ヘリコプターが、爆音をひびかせて、飛来したときだった。

応援のパトカーが、犯人たちに向かって、一斉《いっせい》に、催涙弾を射ち込み、制圧した。

時を同じくして、捜査四課が、関東地区のK組の事務所に、一斉に、家宅捜索に入り、組長や、幹部を、逮捕した。

6

この日、十津川たちが押収した覚醒剤の量は、五十キロを超えた。

JT貿易の三人と、台中公司の三人も、逮捕された。

K組の逮捕者は、銃撃戦の参加が十人、他に、組長以下二十六人が、拳銃の不法所持、覚醒剤の密輸入、それに、久保寺夫妻の誘拐、監禁容疑で、逮捕された。

朱刑事からの報告を受けて、台湾でも、台中公司など、覚醒剤に関係していると思われるグループ多数が、摘発された。

事件が起き、解決された。

白仁老人と、民族舞踊団の一行は、そのまま、予定通り、公演を続けることになった。

ミス・キャサリンは、バスの中での大奮闘で、気がつくと、右腕に負傷していることがわかったが、病院で簡単な手当てをしただけで、一行について、日本各地を移動することになった。

東京での五日間の公演が無事終わり、京都に移動するとき、十津川は、亀井と、見送ることにした。

白仁老人と、踊り子の一行の見送りということもあったが、朱刑事や、ミス・キャサリンたちも、見送りたかったのだ。

朱刑事にとって、辛《つら》い五日間だった筈である。

台中公司で働く、いとこの朱徳之を、とうとう説得することが出来ず、彼は、逮捕され、覚醒剤の密輸の罪で、日本の刑務所で服役することになる。

「仕方がありません。法を犯したのですから」

と、朱刑事が、いった。

「朱徳之の刑が決まったら、知らせますよ」

と、十津川は、いった。

「そうしたら、十津川さんに会いに来ながら、いとこの面会に行ってやります」

と、朱刑事は、いった。

ミス・キャサリンには、十津川は、正直に、

「脱帽しました」

と、いった。

確かに、彼女の、めちゃくちゃで、わがままな活躍がなければ、今回の事件は、解決できなかったに違いないのだ。

「しかし、外交官特権を振り廻したり、ピストルを欲しがったりするのは、困りますよ」

と、十津川は、いった。

何か、反論してくるかと思ったが、キャサリンは、ニコニコ笑っているだけだった。探偵ごっこで、動き廻って、満足しているのかも知れない。

十津川は、浜口を、引っ張って行って、

「ミス・キャサリンの怪我《けが》は、大丈夫ですか？」

「大丈夫ですよ」

と、浜口は、いってから、声をひそめて、

「少し、怪我でもしてくれていた方が、大人《おとな》しくて助かります」

と、いい、微笑した。


なお本作品に登場する人物や組織は、すべてフィクションであることをお断わりしておきます。

あとがき

この短編集は、三つの小説が、あつめられている。表題作『海を渡った愛と殺意』は、三十年来の、親友で、一九九六年九月に、急逝《きゅうせい》された、山村美紗《やまむらみさ》さんの、作品のなかで、活躍する名探偵キャサリンと、十津川警部が、協力して事件を、解決するという内容で、舞台は日本と台湾である。

私としては、初の試みであり、私の作品のなかでも、記念すべきものといえよう。長年の交友を懐かしく、思い出しながら、楽しく執筆できた。

二編目の『EF63型機関車の証言』は、十数年前に「週刊小説」に執筆し、当時、実業之日本社から、単行本として出版されている。今年（一九九七年）十月、長野新幹線の完成により、廃線となった、横川～軽井沢間を走っていた機関車を、トリックに使った、トレイン・ミステリーである。

碓氷《うすい》峠の難所を、長年走っていた、鉄道ファンには、馴染《なじ》みの深い、機関車であり、横川駅の「峠の釜飯」とともに、人々に親しまれてきた。

今や、その雄姿を見ることも、出来なくなったが、私にとっても、思い出の多い、機関車であり、今回、再収録することになった。

また三編目の、『越前殺意の岬』は、十津川警部が、殺人を犯し、自殺しようとする、女性を、必死に、救おうとする話で、私の作品のなかでも、異色の、存在である。

この短編集を、十分、楽しんで、いただけたら、幸である。

一九九七年十二月　　　西村京太郎

（この作品集『海を渡った愛と殺意』は、平成十年一月、実業之日本社から新書判で刊行されたものです）

海を渡った愛と殺意

一〇〇字書評

切り取り線

購買動機（新聞、雑誌名を記入するか、あるいは○をつけてください）	
□（　　　　　　　　　　　　　　　）の広告を見て	
□（　　　　　　　　　　　　　　　）の書評を見て	
□ 知人のすすめで	□ タイトルに惹かれて
□ カバーが良かったから	□ 内容が面白そうだから
□ 好きな作家だから	□ 好きな分野の本だから

・最近、最も感銘を受けた作品名をお書き下さい

・あなたのお好きな作家名をお書き下さい

・その他、ご要望がありましたらお書き下さい

住所	〒				
氏名		職業		年齢	
Eメール	※携帯には配信できません	新刊情報等のメール配信を 希望する・しない			

この本の感想を、編集部までお寄せいただけたらありがたく存じます。今後の企画の参考にさせていただきます。Eメールでも結構です。

いただいた「一〇〇字書評」は、新聞・雑誌等に紹介させていただくことがあります。その場合はお礼として特製図書カードを差し上げます。

前ページの原稿用紙に書評をお書きの上、切り取り、左記までお送り下さい。宛先の住所は不要です。

なお、ご記入いただいたお名前、ご住所等は、書評紹介の事前了解、謝礼のお届けのためだけに利用し、そのほかの目的のために利用することはありません。

〒一〇一−八七〇一
祥伝社文庫編集長　坂口芳和
電話　〇三（三二六五）二〇八〇

祥伝社ホームページの「ブックレビュー」からも、書き込めます。

http://www.shodensha.co.jp/bookreview/

祥伝社文庫

海《うみ》を渡《わた》った愛《あい》と殺意《さつい》

平成12年7月20日　初版第1刷発行
平成26年4月10日　第5刷発行

著　者　西村京太郎《にしむらきようたろう》

発行者　竹内和芳

発行所　祥伝社《しようでんしや》
東京都千代田区神田神保町3-3
〒101-8701
電話　03（3265）2081（販売部）
電話　03（3265）2080（編集部）
電話　03（3265）3622（業務部）
http://www.shodensha.co.jp/

印刷所　萩原印刷
製本所　ナショナル製本

Printed in Japan ©2000, Kyōtarō Nishimura ISBN978-4-396-32776-7 C0193

祥伝社文庫の好評既刊

西村京太郎
無明剣、走る
五代将軍綱吉の治世。幕閣の争いに巻き込まれた阿波藩存亡の危機に立つ剣客ら。空前の埋蔵金争奪戦！

西村京太郎
特急「有明」殺人事件
有明海の三角湾に風景画家の死体が。十津川と亀井が捜査に乗り出すが、続々と画家の仲間にも悲劇が！

西村京太郎
十津川警部「初恋」
十津川の初恋相手だった美人女将が心臓発作で急死!? 事態は次第に犯罪の様相を呈し、驚愕の真相が！

西村京太郎
能登半島殺人事件
「あなたに愛想がつきました」十津川の愛妻が出奔!? ところが脅迫状が届いて事態は一転。舞台は能登へ！

西村京太郎
十津川警部「家族」
十津川に突如辞表を提出、失踪した刑事。殺人者となった弟を助けるための決断だった…仰天の傑作推理！

西村京太郎
金沢歴史の殺人
女流カメラマンの写真集をめぐり、相次ぐ殺人事件…。円熟の筆で金沢を旅情豊かに描く傑作推理！

祥伝社文庫の好評既刊

西村京太郎

十津川警部「故郷」

友人の容疑を晴らそうとした部下が無理心中を装い殺された。無実を信じ、十津川警部が小浜へ飛ぶ！

西村京太郎

寝台特急カシオペアを追え

誘拐事件を追う十津川警部。乗り込んだカシオペアの車中に中年男女の射殺体が!?

西村京太郎

十津川警部「子守唄殺人事件」

奇妙な遺留品は各地の子守唄を暗示していた。十津川は連続殺人に隠された真相に迫る。

西村京太郎

しまなみ海道 追跡ルート

白昼の誘拐。爆破へのカウントダウン。十津川警部を挑発する犯人側の意図とは!?

西村京太郎

日本のエーゲ海、日本の死

〝日本のエーゲ海〟こと岡山・牛窓で、絞殺死体発見。十津川は日本政界の暗部に分け入っていき…。

西村京太郎

闇を引き継ぐ者

死刑執行された異常犯〝ジャッカル〟の名を騙る誘拐犯が現れた！　十津川は猟奇の連鎖を止められるか!?

祥伝社文庫の好評既刊

西村京太郎
十津川捜査班の「決断」
クルーザー爆破、OLの失踪、列車内の毒殺…。難事件解決の切り札は十津川警部。初めて文庫化された傑作集！

西村京太郎
外国人墓地を見て死ね
横浜で哀しき難事件が発生！　歴史の闇に消えた巨額遺産の行方は？　墓碑銘の謎に十津川警部が挑む！

西村京太郎
特急「富士」に乗っていた女
女性刑事が知能犯の罠に落ちた。部下の窮地を救うため、十津川は辞職覚悟の捜査に打って出るが…。

西村京太郎
謀殺の四国ルート
道後温泉、四万十川、桂浜…。続発する怪事件！　十津川は、迫る魔手から女優を守れるか⁉

西村京太郎
生死を分ける転車台　天竜浜名湖鉄道の殺意
鉄道模型の第一人者が刺殺された！　カギは遺されたジオラマに？　十津川が犯人に仕掛けた罠とは？

西村京太郎
展望車殺人事件
大井川鉄道で消えた美人乗客――。大胆なトリックに十津川警部が挑むトラベル・ミステリーの会心作！